PAOLA SEGUÍ VERD
1º- A

Les Ales de la Nit

Emili Teixidor

Il·lustracions:
Asun Balzola

editorial cruïlla

Primera edició: març 1992
Segona edició: març 1993

Edició: *Gemma Lienas i Massot*
Il·lustracions i coberta: *Asun Balzola*

Balmes, 245 - 08006 Barcelona

Comercialitza: CESMA, S.A.
Badalona (Barcelona), tel. (93) 383 10 11
València, tel. (96) 375 50 00
Alacant, tel. (96) 510 44 11
Palma de Mallorca, tel. (971) 75 81 76

ISBN: 84-7629-652-5
Dipòsit legal: M-7.984-1993
Imprès a Espanya / *Printed in Spain*
Impremta SM

1 *Els ocells de la nit*

ELS OCELLS de la nit van entrar a casa una nit de primavera, sense avisar.

Els meus pares m'havien castigat a quedar-me a casa sol, a estudiar de valent tota la nit. Per a ells, tota la nit volia dir un parell d'hores, des de les deu fins a una mica més de mitjanit. O sigui des d'acabat de sopar fins passades les dotze, quan ells tornessin a casa després d'una festa que feien uns amics per estrenar una casa nova, amb jardí i piscina, o potser jardinet i piscineta, als afores de la ciutat.

La mare ho havia deixat ben clar abans de marxar:

—A les dotze en punt, tanques els llibres i al llit.

I el pare havia estat definitiu, en el seu millor estil d'¡aquí-mano-jo!

—¡Que no et passi pel cap d'engegar la tele! No veuries res. He desconnectat tots els canals. De manera que... ¡de cap als llibres! A veure si escarmentes.

La causa de l'escarment era doble. Per un cantó hi havia les males notes que havia obtingut en la darrera avaluació, amb una observació de propina del tutor explicant que el motiu del poc rendiment era que estudiava poc o res, i això anunciava un desastre final i proper... I per l'altre cantó hi havia la baralla, o millor dit, la batalla campal, amb la colla del Recluta Zero, tres contra un, o sigui, tres trinxeraires del barri contra mi, en una esplanada de la Ciutat Esportiva. Els pòtols del barri me la tenien jurada perquè se'ls havia ficat al cap que jo era l'espieta de la policia i els havia espiat que ells pispaven la correspondència de les búties del veïnat. I malgrat que jo no era cap espieta hi havia dit res a ningú, perquè no sabia res de les seves malifetes, em van deixar la cara com un mapamundi i els vestits com un colador. El lloctinent del Recluta Zero, un sagal a qui deien Sesé perquè era el segon de la colla i perquè el seu nom de veritat era Segundí, em va estomacar d'allò més. Jo no sabia com presentar-me a casa, i em vaig passar més d'una hora rondant pels carrers del veïnat, mirant cap amunt, a les finestres de l'àtic i a la terrassa del sobreàtic, per endevinar si la mare era sola o ja havien arribat el pare i la meva germana. Total, que vaig presentar-me com un Sant Llàtzer, i damunt vaig arribar tard.

—Però... ¿què és això? —va bramar el pare en obrir la porta—. ¿D'on véns? Ahir, les notes, i avui, la pallissa... Sí que anem per bon camí.

—M'han atracat un parell de gitanos, darrere

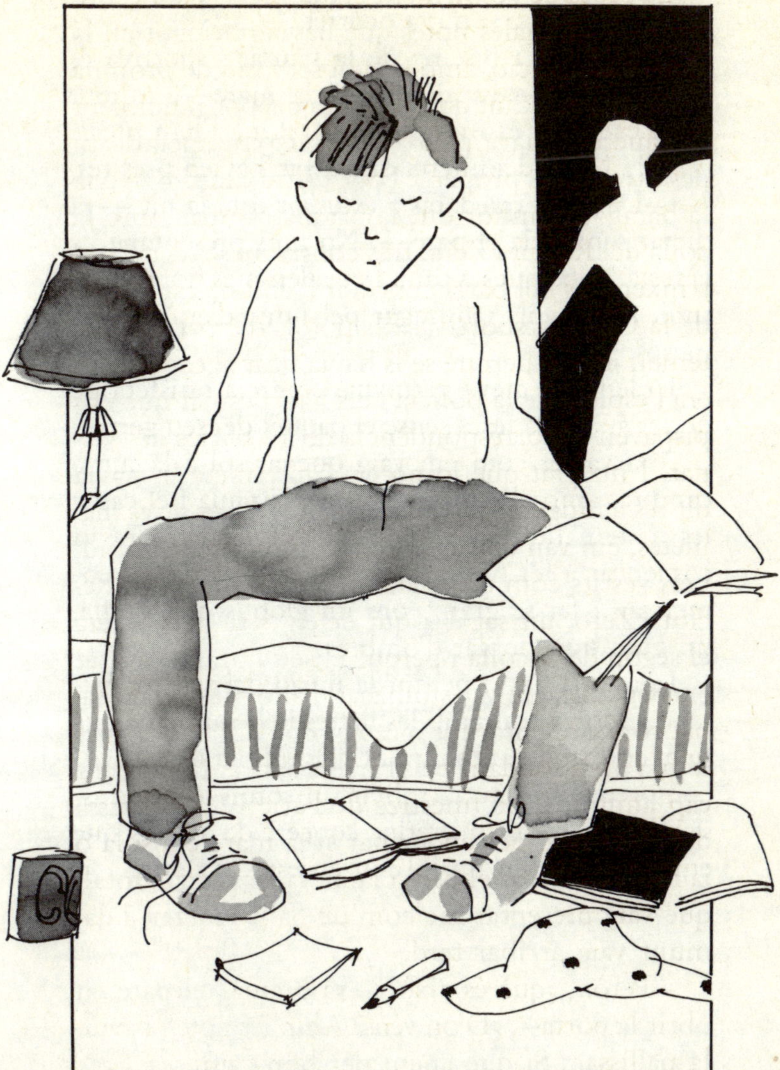

de la Ciutat Esportiva, quan sortia de nedar —va ser l'excusa que se'm va ocórrer.

—¡Però si la piscina de la Ciutat Esportiva és aquí mateix! —va alarmar-se la mare—. Aquest barri cada dia és més perillós... ¿Què t'han pres?

Vaig haver d'admetre que no m'havien pres res.

—Demà et quedaràs a estudiar tota la nit —va dictar sentència el pare—. No pots presentar-te a la festa amb aquesta cara. I et calen més hores d'estudi, si no vols naufragar pel juny, d'aquí a dos mesos.

L'Elena, la meva germana, somreia satisfeta de poder anar a la festa sense el paquet del seu germà.

Així va ser com em vaig quedar sol a la meva cambra, amb els colzes clavats a la taula i el cap a les matemàtiques. A poc a poc el silenci se'm va començar a fer pesat i la solitud de la casa va començar a fer-se gran, com un globus que s'infla, un gran buit poblat d'ombres.

I quan ja havia perdut la noció del temps, gairebé endormiscat amb les lletres i els números que se m'entortolligaven davant dels ulls en un ball incomprensible, em va sobtar un soroll a la terrassa. O millor, un misteriós concert de sorolls que em van posar en un instant en estat d'alerta.

2 *El Mussol*

LA MEVA HABITACIÓ, amb la taula d'estudi on treballava, era a l'àtic i a sobre, al sobreàtic, hi havia la cambra dels pares, una sala gran amb biblioteca i un piano vell que ningú no tocava mai, un racó per als trastos, i una terrassa molt gran plena d'arbres i flors, «un jardí penjat» que deia la fleuma de la meva germana, amb llorers, pins, pebroters i algun llimoner. Els dos pisos es comunicaven per una escala de cargol de fusta vella i eix metàl·lic.

Vaig quedar-me quiet, amb tot el cos en tensió, per poder captar millor la naturalesa dels frecs i els cops que arribaven a les meves orelles. No era el cop sec i únic a què ja estàvem acostumats de tant en tant, el cop d'alguna cosa tova que topava contra les portes de vidre que separaven la sala de la terrassa. A vegades, algun ocell despistat, enlluernat pel reflex de la posta de sol als vidres de la terrassa, encegat en el seu vol, topava contra la paret invisible dels vidres amb un cop sec, suau, afogat. Però això passava només de tant en tant, gairebé sempre a la tardor, quan els ocells es reuneixen en estols per organitzar les seves migracions cap a països més càlids on passar l'hivern, i cap al tard, quan el sol dóna de ple en els finestrals i portes de vidre. Mai a la nit.

En un instant em van passar pel cap totes les causes possibles del soroll: els ocells, el vent, els gats del veïnat, una o dues o tres torratxes tombades..., fins que la insistència i la precisió dels cops em van convèncer que era algú que intentava entrar a casa.

Ràpidament vaig apagar el llum de la meva taula i em vaig quedar a les fosques, quiet com un mort, tot orelles. Els cops als vidres s'havien aturat i ara se sentien passos a la sala de dalt.

Em va passar pel cap d'agafar el telèfon i trucar a algú. Però... ¿com podia marcar els números i demanar auxili sense alertar el misteriós intrús? Aleshores se'm va ocórrer una trampa: dos esglaons de la vella escala de cargol ballaven molt, l'encaix amb la barra de ferro central s'havia afluixat i, quan algú hi posava el peu, es movien i grinyolaven com si estiguessin a punt de caure. La mare havia cridat el fuster perquè els arreglés, però l'home, per sort, encara no havia vingut.

Em vaig posar dret amb molt de compte i, a les palpentes, vaig sortir de l'habitació. Els passos al pis de dalt continuaven. L'escala era a l'entrada, davant de la meva cambra. Els esglaons fluixos eren el quart i el cinquè. Vaig endevinar que eren els que buscava, perquè en agafar-los tremolaven una mica. A poc a poc, amb el cor a la gola, els vaig moure cap endins, procurant que no quedessin completament amagats dessota dels esglaons contigus. Pensava que si l'intrús, que m'imaginava que portaria una pila elèctrica, notava un forat massa gros quan baixés per l'escala, s'escaparia de la trampa agafant-se a la barana i passant d'un salt de l'esglaó sisè al tercer. Per això vaig moure les dues peces només per deixar un buit petit però suficient per entrebancar els peus del lladre, quan baixés l'escala, sense fixar-s'hi, confiat en la regularitat dels espais dels esglaons. Tot acabant la feina, ja no em preocupava el grinyolet que produïa el moviment de les dues fustes. Millor que grinyolin una mica, pensava, així l'intrús baixaria abans a veure què passava.

—¿Hi ha algú, en aquesta casa?

La veu desconeguda va sonar al forat de l'escala. Em vaig quedar immòbil al costat del primer graó, espantat pel cercle de llum que esperava que em descobrís. Però l'intrús devia treballar a les fosques. Potser hi veia de nits, com els gats, perquè la veu va repetir, en la fosca més completa, mentre el seu peu es posava en el darrer graó, començant la baixada:

—¿Que hi ha algú, en aquesta casa?

Em vaig refugiar a poc a poc cap a la paret del fons, on hi havia la porta d'entrada i l'intèrfon, a sota de la caixa de llums. Era una veu jove, insegura, desconcertant. Jo anava comptant els graons que trepitjava tot baixant, d'un en un, amb massa precaució per caure en la trampa que li havia parat.

—Sóc el Mussol... —va començar a dir, però el peu que havia de posar-se en el cinquè esglaó va relliscar pel cantó de la fusta enretirada, i el Mussol va fer un crit, i tot seguit van sentir-se una sèrie de patacades que anunciaven un daltabaix general.

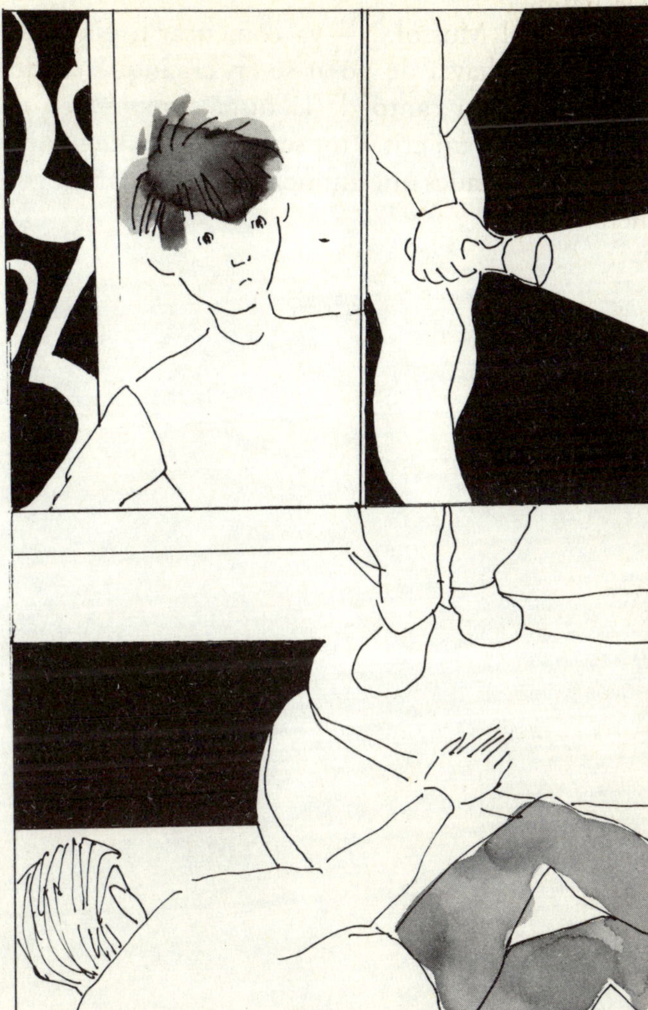

3 *El Lloro*

—¿QUIN MUSSOL? —vaig replicar jo amb totes les meves forces, deslligant els nervis continguts durant aquells minuts de tensió, amb l'esperança que la meva excitació encara desorientaria més l'intrús i l'empenyeria amb més força escales avall—. ¡Aquí no hi ha mussols que valguin! ¡Auxili...! ¡Lladres...! ¡Policia...! ¡Ajudeu-me...! ¡Veïns...!

Al mateix temps que cridava vaig buscar, a les palpentes, l'interruptor de la caixa de llums. Una bona fogonada, vaig pensar, afegida a l'efecte dels crits, pot ajudar aquest mussol a precipitar-se cap a l'abisme.

En il·luminar-se de cop tota l'entrada, els llums de l'escala inclosos, em vaig trobar a poca distància amb un noi una mica més gran que jo, encara que era difícil de dir, perquè la situació estranya en què havia quedat immobilitzat no deixava apreciar tots els detalls. Tenia un peu enganxat en el forat dels dos esglaons i l'empenya clavada com un ham a l'eix de l'escala, mentre que l'altre peu girava lliurement enlaire, entre la barana i el pal central, i tot el cos estirat i esclafat de cara als graons, seguint amb dificultat el darrer tros de l'espiral de l'escala, amb el cap fregant el terra.

El noi feia esforços per moure el cap i poder veure el causant de la seva desgràcia, però la cara aixafada contra el darrer esglaó li ho impedia.

—¡Òndia, tu, quina terrabastada!

Es queixava amb una veu que era gairebé un gemec de dolor, i en un to impersonal, com si parlés amb ell mateix.

—¿Què vols...? ¿Què busques aquí? ¿Com has pujat?

—No puc moure'm. Ajuda'm i t'ho explicaré tot.

—Ja estàs bé com estàs.

M'hi vaig acostar, amb un ull posat al gerro més panxut de la prestatgeria propera, per si em calien més armes.

—Gairebé m'he obert la closca.

—¡Encara poc!

—Dec tenir totes les costelles trencades. I el coll i tot.

—L'únic que tens trencat són les calces.

Mentre me'l mirava, anava donant la volta a l'escala per acarar-me amb ell. Semblava més alt que jo, prim, ben vestit. Portava mocassins i mitjons blancs, pantalons llargs grisos, ara partits en dos per l'entrecuix, descosit que deixava a la vista uns calçotets divertits de color roig de foc, jersei igualment vermell sobre una camisa verd poma, i els cabells llisos i groguencs que escombraven el terra.

—No tinguis por. No sóc cap lladre. No puc fer-te cap mal.

—Això ja ho explicaràs a la policia.

Em vaig ajupir per veure-li la cara. Els quatre ulls van trobar-se entre el darrer graó i el terra. Semblava molt jove, encara que era complicat examinar una cara a l'inrevés. Tenia la pell molt blanca, ara rosada com si s'hagués enrojolat per la sang bolcada al cap. Els ulls eren grisos i la boca, torçada per una ganyota de dolor fastiguejat.

—¡No...! —va cridar en sentir que deia la paraula policia—. ¡No truquis a la policia! ¡No ho facis!

I va afegir amb veu suplicant:

—¡Sisplau, no els truquis!

—No et moguis o t'obro el cap amb aquesta gerra que no pots veure i que pesa pel cap baix trenta quilos.

—Escolta'm...

—¡Estigues quiet! Si et mous un pèl, ¡et trenco la carcanada!

—Mira'm bé... ¿No em coneixes? Segur que m'has vist algun cop pel barri...

—Seguríssim: no t'he vist mai ni una sola vegada. ¿No ets pas de la colla del Recluta Zero?

—¡No! ¡No te'n vagis...! ¡Escolta...!

Vaig apartar-me uns passos per acostar-me al telèfon, posat en una tauleta del menjador, ben a prop de l'entrada. El noi movia el cap, provant de seguir els meus moviments i endevinar les intencions que portava.

—Et juro que es tracta d'un error. El Lloro m'ha enredat...

—¿El Lloro?

—Un amic... T'ho explicaré tot i ho entendràs de seguida.

—El que tu vols és guanyar temps i complicar les coses. ¡No et moguis!

Ja tenia el telèfon a la mà, sense perdre de vista el meu presoner. Estava a punt de marcar quan vaig adonar-me que no sabia quin era el número de la policia. Em ballaven pel cap algunes xifres: 092, 094, 096... Provaria el primer que em sortís. Si no era la policia, seria el servei d'informació. No podia entretenir-me a consultar la llista, que a més a més teníem a dalt, al costat del supletori.

Aleshores, com si endevinés la meva indecisió, el desconegut va dir amb veu resignada:

—Està bé. Si vols trucar a la policia, fes-ho. És el número... vuit, quatre, dos, set.

La sorpresa em va fer oblidar els tres primers números.

—¿Què has dit?

Després d'un moment de silenci, l'intrús va dir:

—Sóc el fill del cap de la Brigada Criminal. Demana que s'hi posi el meu pare, l'Àngel Fernàndez, de part del Papagai Arc de Sant Martí.

4 *Papagai Arc de Sant Martí*

—¡TORNA A DIR EL NÚMERO i no moguis ni un dit!

El noi va repetir el número i no va dir res més mentre jo trucava i esperava la resposta.

—¿Digui? —una veu de dona, lleugerament preocupada—. ¿Qui és?

—¿El senyor Àngel Fernàndez, cap de la Brigada Criminal?

—No és a casa. ¿Qui el demana? —em vaig quedar sense paraules. La dona va continuar, com per animar-me—: Sóc la seva muller. Puc deixarli un missatge o, si vol, pot trobar-lo a la Comissaria Central. ¿Qui li truca?

Se'm va ocórrer de sobte:

—Sóc un amic del seu fill...

—¿De quin dels meus fills?

Puc —Doncs... del Papagai Arc de Sant Martí.

—Aquesta és l'operació que ha muntat el boig d'en Dac. ¿On és ell, ara?

—A una reunió.

—¿No es pot posar al telèfon, ell?

—En aquest moment, no, senyora...

—¿I què vol?

—Avisar que arribarà més tard del compte.

—¡Quina nova! Si el seu pare se n'assabenta...

—És que s'ha estripat els pantalons...

—¿Com?

—Ha caigut per una escala...

—¿Tot perseguint el Papagai?

—Més o menys...

—¿Heu aconseguit més plomes?

—No ho sé del cert...

—¿Heu vist alguna cosa des de la terrassa?

—Tot és molt fosc...

—¿Tu també pertanys a Les Ales de la Nit?

—¿Les ales de què?

—Les Ales de la Nit.

—Jo..., veurà..., no ho sé... encara, però em penso que... Des de fa molt poc...

—No facis gaire cas del meu fill Dac. És un eixelebrat.

—No tingui por, senyora...

—Que no et passi el que li va passar al pobre Pelicà.

—¿Què li va passar?

—¿Que no has vist com ha quedat?

—Aquesta nit no ha vingut... el Pelicà.

—¡Ah...! Em pensava que éreu a la terrassa de ca seva.

—No. Som a la de casa meva.

—I tu, ¿com et dius?

—Efrem...

—¿Quina mena d'ocell és aquest?

—No és cap ocell. És un nom de la Bíblia.

—¿I quin ocell ets a l'organització?

—Encara no ho sé...

—Per la veu... deus ser un pardal novell —va riure una mica—. És una broma.

—¿Què li va passar al Pelicà?

—Es va trencar un braç.

—¿Com?

—Provant d'entrar a la gàbia...

—¿Quina gàbia?

—¡Noi...! ¿És que no t'han explicat res de res?

—Gairebé res. Molt poca cosa. Precisament, en aquests moments, el seu fill estava a punt d'informar-me.

—¿És molt alta la terrassa de ca teva?

—La més alta del barri.

—Aleshores no ens entretinguem més i aneu a guipar.

—Però...

—Digues a en Dac que no es preocupi. ¡I afanyeu-vos!

—Jo volia...

—Gràcies per l'avís. Adéu.

—Senyora...

Es va sentir el clic del telèfon just en el moment d'afegir:

—Bona nit...

5 *El Pelicà*

QUAN VAIG TORNAR al peu de l'escala, el meu presoner havia aconseguit posar el cap al primer esglaó i enroscar la cama lliure a l'espiral de la barana i així, en la seva nova posició, semblava més tranquil i, sobretot, podia dirigir el cap i els ulls al menjador i veure'm de manera més o menys correcta. Em va rebre amb una mena de somriure en forma de ganyota.

—¿Convençut?

—A mitges.

—¿Et calen més proves?

—¿Proves? ¿De què?

—Que no has de tenir por de res.

—¿Com has pujat a la terrassa?

—Deixa'm posar dret i t'ho explicaré tot.

—Digue-m'ho tal com estàs.

—Així girat de cap per avall, estic a punt de treure el sopar d'un moment a l'altre.

—Si embrutes el terra, soparàs dos cops.

—No puc evitar-ho. ¿Tens una corda o un cordill?

—¿Per què fer?

—Per lligar-me de peus i mans.

—¿Per... què?

—Així estaràs segur que no vull fer-te cap mal.

Vaig dubtar uns instants. ¿Quin mal podia ferme? Ara ja sabia qui era, sabia el telèfon de casa seva, acabava de parlar amb la seva mare... M'hi vaig acostar i li vaig oferir els braços per ajudar-lo a posar-se dret.

—¡Ui...! ¡Quin mareig!

Dret era molt més alt que jo, com a mínim un parell de pams, i em va semblar reconèixer la seva cara d'haver-la vist algun cop pel barri, però no al col·legi.

—¿Qui és el Pelicà?

—¿La meva mare t'ha parlat d'ell?

—I ha dit que es pensava que éreu a la seva terrassa.

—Hi érem, però jo he anat saltant per les teulades, tres o quatre terrats, fins que he arribat aquí.

—¿Has passat per les teulades?

—I pels terrats. I les terrasses. ¿Què hi fa? Volant pels aires, per les altures, com els ocells.

—¿I com és que has arribat a la de casa?

—Perquè és la més alta, la darrera d'aquest carrer costerut, i perquè des de la del Pelicà no es pot veure bé el jardí abandonat de la torre del davant.

—¿El Paradís?

—Exacte. El Paradís, amagat per una paret escrostonada i esquerdada de més de metre i mig d'altura i amb claus de punta i trossos de vidre al capdamunt, que van estar a punt de desgraciar el pobre Pelicà quan va intentar pujar-hi, l'altre dia, per saltar a dintre. Per sort, només es va trencar un braç.

—¿Volia dir això la teva mare quan es referia a la gàbia?

—És que nosaltres en diem el jardí engabiat o la gàbia, la torre abandonada, la finca El Paradís..., és igual.

—Però... ¿per què us interessa tant el jardí d'aquesta torre abandonada?

—Perquè no és tan abandonada com sembla. Ni el jardí ni la casa.

Va fer uns passos cap al menjador mentre deia, tot somrient:

—¿Podem seure?

—Sí... ¿Per què has entrat a la sala si només t'interessava la terrassa?

—Per sortir al carrer per la porta, sense haver de saltar per més teulades.

—¿I si els meus pares haguessin estat a casa?

—Des de la terrassa del Pelicà hem vist sortir tota la teva família. No comptàvem amb tu.

—¿Qui és el Pelicà?

—Segur que el coneixes...

Tot dient això, va fer un gest amb una mà, posant-se-la al davant del nas com un bec, a la vegada que acotava el cap i alçava una mica les espatlles per fer veure que era una mica geperut.

—¡Ah..., aquest!

—¿El coneixes?

—L'he vist alguna vegada pel barri.

—És inconfusible.

—¿I ets de la seva trepa?

—No és una trepa, exactament...

—¿Doncs de què va aquesta història de l'operació Papagai Arc de Sant Martí? ¿I Les Ales de la Nit?

—¿Vols que t'ho expliqui tot des del començament?

—Sí, però anem a la meva habitació per si arriben els meus pares. Tot i que encara és d'hora.

—Amb una mica de sort t'apuntes a treballar amb nosaltres.

—¿Treballar?

—Així podríem fer servir la teva terrassa d'observatori. I a tu, d'observador.

—Tot això és molt misteriós...

—Escolta.

6 *El Gall Salvatge*

—JO EM DIC DAC, però a l'organització que hem creat, Les Ales de la Nit, el meu nom de guerra és Gall Salvatge, el Gall Salvatge.

—¿Dac?

—Dagobert. Dac.

—Abans havies dit que eres el Mussol.

—Era per despistar, per si hi havia algú...

—¿I per què us cal un nom de guerra?

—No volem deixar la targeta de visita a cada pas que fem, sobretot si ens fiquem en merders grossos. És millor l'anonimat o un pseudònim.

—¿Merders grossos?

—Criminals.

—¿De quin tipus?

—Ara t'ho explico.

—Digues.

—El meu pare, cap de la Brigada Criminal, sospitava que la colla del Recluta Zero en feia alguna de grossa al seu mateix barri. El nostre barri, ja que nosaltres també vivim a prop d'aquí, uns carrers més avall. A comissaria havien rebut moltes denúncies de veïns als quals havien afaitat la correspondència de les bústies.

—¿Les cartes? ¿Robaven les cartes?

—La correspondència.

—Mira com m'han deixat aquests pòtols, perquè els han denunciat. Es pensaven que era jo, l'espieta. En Sesé era el que pegava més fort. El dia que l'atrapi tot sol...

—Les cartes era el que menys els interessava. Allò important era el resum dels comptes corrents que envien els bancs, els avisos de cobraments i negocis, les factures..., tota la correspondència relacionada amb els diners.

—¿I per a què els interessava tota aquesta paperassa?

—Per saber quants milions tenia cada família, i on els tenia. Fotocopiaven els documents i els tornaven, dies després, a les bústies. I quan trobaven alguna cosa més valuosa, per exemple, targetes de crèdit o xecs, s'ho quedaven. Actuaven en combinació amb una banda de professionals que els comprava aquesta informació per preparar els seus cops...

—¿I els vau pescar?

—Bé..., el pare em va encarregar que els vigilés, ja que el meu testimoni davant d'un jutge seria suficient per parar-los els peus i escarmentar-los. Com que jo coneixia el Recluta Zero, en Sesé i en Sendo, de jugar al barri quan érem petits, em va dir el pare que em seria fàcil d'enganxar-los amb les mans a la massa. I seguint aquest fil, la policia

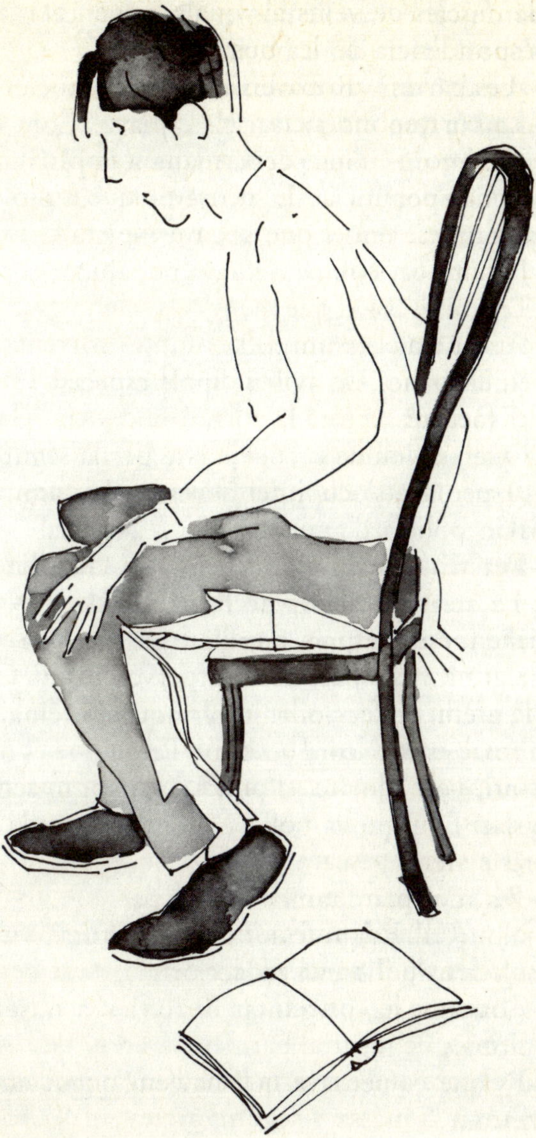

podria descabdellar l'embolic i atrapar els pillets que s'aprofitaven del cabdell.

—Per això em van apallissar a mi, perquè es devien pensar que era jo qui els espiava. Com que vaig a nedar dos cops per setmana a la piscina de la Ciutat Esportiva i ells són sempre rampinyant pels voltants... Però jo no sóc un espieta.

—Jo tampoc. Només actuava per ajudar el meu pare i els seus col·legues.

—Però tu no ets un poli.

—Vull ser-ho. Un policia molt especial.

—¿Especial?

—Que en lloc de preocupar-se per la seguretat de les persones, s'ocupi del benestar dels animals.

—¿Un policia d'animals? ¡Un... zoolicia!

—Exacte —va riure en Dac—. La Guàrdia Civil ja ha creat un Servei de Protecció de la Natura, i tinc un amic gran, estudiant de biologia, que ha entrat a formar part d'aquest servei. Es diu Gustau. Pensem perfeccionar molt aquesta feina. La meva mare està d'acord amb mi. Pensa que és molt necessari. Però el pare, el policia, no vol ni sentir-ne parlar. Diu que la policia no va ser creada per a aquests afers.

—¿La teva mare també és policia?

—No. ¡Ca! És professora de literatura. Va tot el dia plena de llibres i redaccions...

—Abans m'ha preguntat si havies aconseguit més plomes.

—És que es pensava que havíem pogut entrar a la finca...

—Jo em pensava que volia dir una altra cosa. Com que sempre parleu amb codis secrets...

—No. Però potser es referia a les cartes dels animals.

—¿Cartes d'animals?

—Sí. Aquest va ser el resultat de la vigilància a què vaig sotmetre el Recluta Zero i els seus amigots: em vaig trobar amb cartes d'animals. I aquest és l'embolic que anem descabdellant ara: una selva poblada d'animals presoners, segrestats, enmig de la gran ciutat.

7 *L'Àguila Marina i el Martinet Ros*

ÉREM A LA MEVA CAMBRA, asseguts un davant de l'altre, ell a la cadira de la meva taula, girada cap al llit en què jo m'havia mig ajagut. El silenci de la nit i les lluminàries de la gran ciutat estesa sota la finestra, des de la falda de la muntanya fins al mar, donaven a les paraules d'en Dac un pes especial. Els crits aïllats, les fresses estranyes que trencaven de tant en tant la solemnitat del silenci que ens envoltava, eren com els udols misteriosos d'aquells animals captius en la jungla ciutadana.

—Vaig formar un grup de col·laboradors, antics amics, que m'havien ajudat a esbrinar les malifetes del Recluta Zero i els seus còmplices. El grup el formen, de moment, el Pelicà, en Gustau, el guàrdia civil jove de qui t'he parlat, i que porta el nom de Lloro, i una noia amiga meva a la qual vàrem batejar com a Bernat Pescaire perquè és molt morena, com una gitana.

—¿Bernat Pescaire?

—És un ocell de color gris, amb un plomall negre al cap, que estira el coll com fa la meva amiga. Tret d'en Gustau, tots són amics del meu barri, de tota confiança i amants dels animals. Gràcies a la seva vigilància vaig poder observar algunes de les actuacions dels de la colla del Recluta. Seguien d'amagat els carters des que sortien de la central de Correus del barri, amb la carterassa vessant de papers, fins que havien deixat la correspondència als carrers més apartats, als edificis més nous i vistosos. Llavors, així que el carter se n'allunyava, ells entraven al vestíbul amb qualsevol excusa i, mentre un de la colla vigilava a fora, els altres furgaven a les bústies amb uns filferros amb ganxo que s'havien fabricat per pescar les cartes acabades de deixar. Era una feina de pocs minuts. Sortien com esperitats amb el pilot de sobres amagat dessota el jersei o la camisa. Es reunien als camps oberts al voltant de la Ciutat Esportiva i seleccionaven les cartes. Moltes no els interessaven gens ni mica i les llençaven als contenidors d'escombraries que hi havia a la sortida de la piscina. La Bernat Pescaire va suggerir que havíem de recuperar les cartes refusades: així podríem fer-les servir com a prova dels furts perpetrats i tornar-les més endavant als destinataris, després d'haver-les examinat per comprovar quines coses no els interessaven. Per les restes d'un banquet es poden conèixer els gustos dels convidats, va dir la Bernat Pescaire. La majoria eren sobres de propaganda comercial, invitacions i cartes particulars molt senzilles, pel que feia suposar la pobra cal·ligrafia de les adreces i els remitents, com les cartes del xicot de la criada o de l'estudiant intern als seus pares, i coses així. També hi havia avisos de les companyies de gas, aigua i electricitat o telèfon.

En Dac es va treure dos sobres de la butxaca dels pantalons, tots dos plegats i arrugats per la peripècia de l'escala de cargol, i tot ensenyant-me'ls va continuar:

—Fins que vam trobar això entre el material llençat, un parell de cartes dirigides a Marina Àguila Pitargo i a Martinet Ros Garci-Grejera.

En Dac va fer una pausa per observar quin efecte em produïen aquests noms.

—¿No et diuen res aquests noms? ¿No els trobes estranys?

Jo no hi queia.

—Són noms d'ocells.

—¿Com Bernat Pescaire?

—Sí.

—¿Martinet?

—El Martinet Ros és una mena de garsa solitària, de potes verdoses i plomatge ros, de bec negre i blau, que en castellà es diu *garcilla cangrejera*, o sigui Garci-Grejera, que posa la carta...

—¿Que estrany, oi?

—Això va ser el primer que ens va fer obrir l'ull. I després l'adreça: El Paradís, carrer tal, número tal, barri tal, Ciutat.

—¿La torre abandonada?

—Clavat. El Paradís és el nom de la finca.

—¿I qui recollia aquestes cartes? Vull dir les que arribaven a la seva destinació.

—Ningú. El carrer tenia instruccions de deixar les poques cartes que arribaven dirigides a El Paradís a una vella jubilada que viu sola en un dels pisos del veïnat.

—¿I per encàrrec de qui guardava les cartes, la vella?

—Per encàrrec d'un administrador. Ens ho va dir quan vam anar a veure-la per tornar-li una de les cartes, dient-li que l'havíem trobada al carrer i el carter ens havia dit que ella les guardava. L'administrador passa a recollir-les un cop cada mes i li dóna una bona propina pel servei.

—Però... ¿qui escriu a qui, si la finca està abandonada fa temps? Segons el meu pare tot el terreny està afectat pel cinturó o l'autopista que faran per desviar el trànsit que ara travessa la ciutat...

—Els mata-segells són de Madrid, València, Barcelona, Algesires... I el remitent sempre és el mateix A. C., que tal com veuràs de seguida correspon a Àguila Coronada, i Coto D., segurament el Coto de Doñana a Huelva. Això com a mínim té lògica, perquè l'àguila coronada habita els aiguamolls...

—¿I què va dir la vella dels noms dels destinataris de les cartes?

—Va dir que cada mes li'n solen arribar una o dues, totes amb noms com ara Àlic Roig, Boscaler de Pallas, Siseta Cendrosa, Colom Roquer, Duc Blanc, Tórtora Turca, Falcó Sagrat, Xivita Oriol

Oriol, Ocell de Tempesta... Ella pensa que és perquè la família que vivia fa anys a la torre era molt nombrosa i original. Eren tots artistes, músics i pintors, i els agradava molt de ser originals en tot, feien extravagàncies de tota mena, i es canviaven el nom com fa la gent del món artístic. Ella recorda una noia que va dedicar-se a cantar i que es feia dir Tórtora, i una Siseta... La família s'ha escampat per tot el món, i molts dels seus membres, pensa la vella, no tenen adreça fixa. Per això escriuen sovint a la seva antiga llar, El Paradís dels temps passats, i l'administrador, un advocat del centre de la ciutat, s'encarrega de la correspondència.

—Seria més fàcil dirigir les cartes al despatx de l'administrador...

—Es veu que molts familiars no el coneixen i, a més, l'administrador pot canviar d'un dia per l'altre.

—¿Vàreu poder llegir les cartes? El contingut, vull dir.

—¡És clar! Eren obertes. Es veu que el Recluta Zero ja hi havia clavat un cop d'ull, però no li devien dir absolutament res. Li devien semblar cartes de tocats de l'ala. Escolta.

8 *L'Àguila Coronada*

EN DAC es va aclarir una mica la gola abans de començar a llegir. Va desplegar el paper i va dir, abans de la lectura:

—No porten data ni cap altra localització que la del mata-segells.

Va tornar a estossegar una mica i va començar:

—«Amics: M'ha arribat una nova terrible de Budapest, la capital d'Hongria, transmesa per l'agència AFP, en la qual es diu que una parella de zebres del zoològic de la ciutat va morir quan anava a ser instal·lada en un espai lliure. Els encarregats dels animals es disposaven a fer el trasllat de la gàbia a un camió, quan les zebres es van escapar. En ser capturades amb menjar barrejat amb un somnífer, la femella va començar a clavar cops de cap a terra fins a morir. El mascle, en veure-la, es va posar malalt de tristesa i va entrar en estat de coma. Els guardians van haver de matar-lo perquè no continués sofrint.

»Aquest fet podria haver passat a qualsevol de les nostres ciutats; a Tarragona, per exemple.

»Una abraçada ben forta,
L'Àguila Coronada.»

En Dac es va quedar altre cop mirant-me, però jo no vaig saber dir res. Em trobava impressionat i desconcertat.

—¿Te n'has adonat? —va repetir ell—. Signat, l'Àguila Coronada, A. C.

—¿I l'altra carta?

—Escolta.

Va desplegar el paper del segon sobre i va posar-se a llegir:

—«Amics: En un llibre que estic llegint, escrit per Niko Tinbergen, catedràtic de comportament animal de la Universitat d'Oxford i premi Nobel de Medicina el 1973 pels seus estudis sobre la conducta dels animals, trobo l'anècdota següent:

»L'autor i el seu equip van fer gàbies i un gabial molt gran al bosc per posar un ocell a cada lloc; en aquest cas eren gaigs que havien criat ells mateixos per a les seves observacions i experiments. I va passar que un dels gaigs, una femella, es va enamorar d'un estudiant. Sempre que el noi s'acostava al gabial, aquesta femella parava el que estava fent, saltironava fins a la perxa més propera al jove, eriçava les plomes del llom, el coll i la nuca, movia les ales i emetia el curiós i sotraguejant *escraac* que tan sovint s'escolta a la primavera a les assemblees de gaigs. Reconeixia el noi entre totes les altres persones sense cap dubte i fins i tot l'identificava quan s'hi acostava amagat darrere de cinc o sis persones més. Ensenyar-li una

part del seu rostre era suficient perquè comencés a cantar i a saltar d'alegria. Van haver de pregar a l'estudiant que no s'acostés al gabial de cap manera quan fessin algun experiment.

»Crec que el professor Niko Tinbergen va ser fa poc a València per fer una conferència a la Universitat.

»Una salutació molt cordial,

L'Àguila Coronada.»

En Dac va tornar a clavar-me la seva mirada interrogant.

—Que estrany que és tot això, ¿oi? —em vaig veure obligat a dir.

En Dac no deia res.

—¿Què penseu fer?

—¿T'uneixes a nosaltres o no? —em va llençar, sense deixar de mirar-me fixament, com si em volgués llegir el cervell per veure si podia fiar-se de mi.

—¿Per a què?

Per descobrir el misteri dels ocells de El Paradís.

—Si dic que sí, ¿a què m'obligo?

—A ajudar-nos en allò que puguis i quan puguis.

—¿Res més?

—I a plantar cara als perills i tropells que comporta una aventura de tal envergadura —va riure ell, declamant amb veu engolada, per afegir immediatament amb veu normal—: I a deixar-nos la terrassa per vigilar la torre i el jardí, és clar.

Jo em vaig gratar el cap:

—Els meus pares...

—¿Encara no has sortit del niu?

—¿M'hauré de posar un nom d'ocell, també?

—Es una característica de l'organització.

—¿Quan comencem?

—Ara mateix, Falcó Mostatxut.

—¿Falcó, jo?

—Mostatxut, perquè ja t'apunta el bigoti. És un falcó petitet, amb les ales com les d'un falciot... ¿No t'agrada?

—No està malament, Gall Salvatge.

9 *El Falcó Mostatxut*

El PRIMER SERVEI, que em va encarregar aquella mateixa nit el Gall Salvatge, va ser dedicar totes les hores lliures durant el dia i tota la meva capacitat de resistència a la son durant la nit a espiar amb uns binocles el terreny de El Paradís del davant de casa, i apuntar qualsevol moviment o ombra sospitosa que veiés, a dins o a fora de la torre.

Així que en Dac se'n va haver anat per la porta gran, amb el jersei lligat a la cintura per amagar el descosit, com que la família encara no havia tornat de la festa, vaig buscar els binocles que el meu pare guardava al seu despatx i em vaig apostar a l'angle de la terrassa que donava a la finca, entre el llorer i el xiprer, per començar a escorcollar entre les ombres dels arbres i les mates que el vent movia amb suavitat.

—Però... les cartes que m'has llegit no indiquen que hi hagi algú que visqui a la torre abandonada... —Abans que en Dac se n'anés, jo havia expressat els meus dubtes aquella nit.

—Això ho sabrem més de segur si tu vigiles bé el terreny.

—I suposant que hi visqués algú, escriure cartes estranyes amb noms estrafolaris o inventats, no és cap delicte ni cap malifeta.

—Però és senyal que aquest algú té alguna cosa per amagar. Aquí hi ha un misteri. I pel que hem pogut endevinar fins ara, és un misteri relacionat amb els animals.

—¿I si resulta que són només quatre ximplets guillats amb ganes de jugar?

—¿De jugar a què?

—No ho sé... Si estan tocats del cap o de l'ala, poden sortir amb qualsevol estirabot.

—Si és tal com dius, ens hi divertirem tots, amb aquest joc.

Ja era a la porta principal, a punt de sortir, quan es va girar per dir-me:

—Hi ha una altra cosa que no he volgut dir-te abans perquè encara no estava ben segur de la teva discreció. Com que ens hem conegut fa poca estona... i d'una manera una mica especial...

—Si vols que col·labori amb vosaltres, has de confiar en mi.

—En l'afer de la sostracció de correspondència, el meu pare va encarregar a un inspector de policia que donés una lliçó d'escarment al Recluta Zero i als seus amics. Els van portar a comissaria per posar-los la por al cos. Mentre els fitxaven i empaperaven, els van escorcollar tot el que portaven al damunt. Va sortir de tot: ganivets, filferros, anelles d'acer, punxons..., en fi, tot un instrumental. I enmig d'aquest material va aparèixer una preciosa ploma de papagai amb tots els colors de l'arc de Sant Martí.

—¿De papagai?

—La guardava el Recluta Zero per posar-se-la al cap com un guerrer indi, quan estava de bon humor. Va dir que l'havia trobada als jardins abandonats de El Paradís, un cop que va saltar la tanca amb la seva colla per passejar-se una mica pel jardí, només pel gust de riure's del rètol que prohibeix l'accés, «propietat particular», per saltar-se la llei a la torera.

—El jardí és un viver d'ocells de tota mena. Des de la terrassa se sent la piuladissa. A la matinada...

—Tota mena d'ocells del país, però no pas papagais. Papagais, no. I en aquest detall rau la clau, o una de les claus, del misteri. Una ploma de papagai, un ocell americà del Carib, en un jardí abandonat d'una ciutat de la Mediterrània, ¿no te n'adones?

Pensava en les paraules d'en Dac, mentre provava de veure alguna cosa amb els meus prismàtics, però l'única cosa que distingia eren petites diferències d'intensitat en el negre segons la tofa de les mates i l'arbrat. La fosca era completa. L'avorriment em va anar envaint i la son em va rendir amb poca resistència.

Un cop d'aire fresc i els crits de la mare em van despertar, esverat.

—¡És aquí! ¡Ja l'hem trobat! ¡A la terrassa! —avisava la meva germana.

—Però ¿què hi fas, aquí? ¿Que vols agafar una pulmonia? ¿Com és que no ets al llit? ¡No et podem deixar sol ni un parell d'hores!...

Vaig amagar els prismàtics entre les flors i em vaig aixecar.

—M'he adormit sense adonar-me'n.

—¿Aquí...?

—No, al llit. I ara sóc aquí. No ho entenc.

—¿Que ets somnàmbul? ¿Sabies que eres somnàmbul? ¿Algú de casa sabia que l'Efrem és somnàmbul...?

Tot baixant a la meva cambra, fregant-me els ulls, dubtava si havia vist en somnis una festa d'ocells immensos a la torre voltada d'arbres abandonats i de plantes salvatges.

10 *La puput*

PERÒ LA NIT SEGÜENT, amb els ulls ben oberts, vaig comprovar que la festa no era cap somni. ¿Com era possible que la nit passada la son m'hagués retut d'una manera tan lamentable? Un encís, segur, un encantament o un embruix d'aquells ocells que ara contemplava extasiat a través dels meus prismàtics com si els tingués a tocar, una meravella de colors i moviments, una festa fantàstica, millor que la que havia cregut veure en somnis el dia anterior. Però si ahir m'havien vençut, fent-me adormir com un infant, enganyant-me amb la son, avui no em perdria ni un detall de l'espectacle que podia descobrir darrere els dos finestrals il·luminats de la torre mig amagada per la frondositat del jardí.

L'ocell més vistós, o almenys el que més remenava la cua i es feia veure pels finestrals, era una puput gegantina, tan gran com una persona o més i tot. Tenia un plomatge rosat i les ales i la cua barrades de blanc i negre. La cresta, d'un rosa més intens i punta negra, era mòbil; s'alçava i s'abaixava com un ventall de plomes. El bec era llarg i lleugerament corbat, com la fulla d'una dalla.

La puput es movia lentament i cada cop que obria la cresta o agitava les ales, em semblava sentir una fressa de riures i aplaudiments. Al seu voltant es movien altres ocells de la mateixa grandària, que apareixien i desapareixien en un moment, tots molt enravenxinats tot i que com que no podia veure'ls les potes ni el capdavall de la cua, potser estaven en posició normal i a mi em semblaven més encarcarats i gentils que els que havia vist a les branques dels arbres el jardí. Les plomes, les crestes i els becs eren de colors magnífics: l'or vell dels mussols, la taca vermella com de sang dels ulls dels faisans, el duc blanc, un mussol tot de plomes de plata amb els ulls com dos gira-sols grocs, la llarga cresta d'escombreta de la fredeluga, el bec blau cel de l'ànec cap-blanc, el caparró verd amb collaret blanc i bec groc del mascle de l'ànec coll-verd, una merla tota endolada, vestida d'etiqueta, amb el bec groc, la cornella negra negríssima..., i altres que no vaig saber distingir ni tan sols consultant un llibre d'ornitologia de la biblioteca del meu pare. ¡Tota una festa de colors brillava amb majestat al mig de la nit!

I una música suavíssima que semblava sortir del fons del jardí o de la sala més amagada de la torre, un piano que es gronxava en les notes més delicades i un violí que feia tremolar les cordes més fines, una música invisible i sobtada, com el perfum de la primavera, que només podia sentir-se

afinant molt les orelles, com si no volgués ser notada pels sentits, com si sonés més en el cervell que en el jardí, regia els moviments de l'ocellam, uns moviments pausats, com una dansa cortesana o una cerimònia al voltant de la puput.

I de sobte, la foscor, el silenci. La visió de la festa dels ocells va apagar-se, com si tot hagués estat, altre cop, un somni. Però aquesta vegada jo estava ben despert, segur d'haver contemplat un fragment d'un estrany espectacle.

Per si em quedava algun dubte, els crits de la mare em recordaven que no m'havia adormit:

—¿Ara no em diràs que el professor que us ha encarregat aquest treball d'astronomia, us ha demanat que us passeu la nit a la serena?

—Ja estic. Un moment... És difícil trobar les constel·lacions en la immensitat de la volta celest...

—¡Tu sí que tens una volta al cervell! ¡Un nus se t'hi farà, si no dorms! ¿No pots deixar-ho per demà?

—Per demà he convidat un company que no té terrassa a casa seva, perquè m'ajudi a situar les estrelles...

—¡Només calia això! D'aquesta manera ens convertirem a poc a poc en l'observatori astronòmic.

L'endemà al vespre es va presentar en Dac a casa amb uns prismàtics i una cartera plena de llibres i llibretes.

—Sembles més gran que l'Efrem... —li va dir la mare.

—Un any i mig més, senyora...

—¿I estudies el mateix curs?

—És que tinc pendent una assignatura...

El pare examinava el meu nou company pel damunt del diari obert, en un silenci sospitós, que podia ser acusador. La meva germana somreia amb aire d'incredulitat.

—¿A què es dediquen els teus pares? —li va etzibar la mare quan pujàvem a la terrassa. Era la seva pregunta definitiva per aprovar l'examen d'ingrés domèstic.

—El meu pare és policia. És el cap de la Brigada Criminal.

Al meu pare se li va arrugar el diari a les mans. La germaneta es va posar seriosa tot d'un plegat. I la mare va fer un gest amb la mà per animar-nos a seguir cap amunt, com si fos una benedicció o un aprovat.

—Potser aquesta nit no passa res... —jo no podia aguantar-me els nervis.

—¿Estàs segur del que vas veure? —en Dac enfocava els prismàtics cap a la massa fosca de la torre i el jardí.

—Tal com t'he explicat aquest migdia...

En Dac m'havia advertit que si es presentava qualsevol eventualitat li havia de trucar a casa seva al migdia o al vespre. I que, en qualsevol cas, tots els membres del grup, a excepció del lloro Gustau que tenia altres obligacions, ens reuniríem un cop per setmana, el dissabte a la tarda, al lloc que tinguéssim més a mà, que solia ser a casa del Pelicà, els pares del qual treballaven tot el dia, tots els dies, caps de setmana inclosos.

—Passi el que passi, ens reunirem demà a casa del Pelicà —va comentar en Dac, sense deixar d'observar les ombres.

Passaven lentament els minuts sense que cap llum ni moviment trenqués la pau solemne que embolcallava El Paradís.

—¿Has pensat alguna cosa?

—¿Sobre què...?

—Sobre tot això...

—Penso parlar amb el Recluta Zero.

—¡Amb aquell...!

—Va entrar al jardí, i sospito que també va entrar a la casa.

—Però...

—No em crec que trobés la ploma del papagai al jardí.

—¿Per què no?

—En aquest jardí no hi ha papagais en llibertat.

—Potser quan el treien o el ficaven a la casa...

—¿I no creus que és més normal que el portessin engabiat? ¡Vaja! És el que faria tothom. ¡Calla!

Els finestrals es van encendre i va aparèixer la puput, lenta i majestuosa, i a poc a poc, al seu entorn van anar desfilant el duc blanc, el mussol d'or, els faisans de sang, els ànecs verds i blaus, la merla negra, la cucala encara més negra... La puput movia les ales i la cresta, com en una salutació, i els ocells s'aturaven un moment al seu davant i

s'enretiraven cortesament, com en una dansa ritual.

—¡Increïble...! —exclamava en Dac—. ¡Increïble...! ¡Fantàstic...!

La visió va durar només uns minuts. Després va tornar la fosca i per més estona que vam esperar, El Paradís no es va il·luminar més.

En Dac anava repetint:

—¡Increïble...! ¡Fantàstic...!

11 *El Pardal de Passa*

LA REUNIÓ d'urgència va tenir lloc el migdia següent a casa del Pelicà. Els seus pares feien jornada contínua, és a dir, sense interrupció, i no tornaven a casa fins a dos quarts de quatre. Tot i que el noi a qui corresponia el nom de batalla de Pelicà vivia unes cases més avall de casa meva, al mateix carrer, i jo l'havia vist algun cop pel barri, no ens havíem dit mai ni una paraula. Era un xicot corpulent per a la seva edat, amb un nas de taronja, llarg i aplanat a la punta, amb els cabells estirats cap enrere que formaven una mena de cresta curta i arrissada al clatell, els ulls vermellosos i com irritats i el coll una mica inflat a la base, amb una nou fora del comú. Quan s'asseia i escoltava, encongia el cap i l'inclinava sobre les espatlles i semblava que dormís. Encara portava el braç embenat, en penitència pel seu intent de saltar el mur del jardí prohibit.

—Em sembla que, o bé els vostres prismàtics augmentaven massa, o el que vàreu veure no eren ocells de veritat —va sentenciar el Pelicà després d'haver escoltat amb atenció el relat de la nostra descoberta.

—Fos el que fos —va dir la Bernat Pescaire—, és evident que alguna cosa estranya passa a la finca. Els senyals o els indicis són cada cop més forts. I tot sembla indicar que es tracta d'animals en perill.

La Bernat Pescaire era una noia de l'edat del Gall Salvatge, graciosa, esvelta, de coll llarg i fi, pèl color de palla i cames de cigonya, que parlava amb vehemència, amb fermesa. Portava un penjoll molt graciós a un cantó del cap, com una ploma penjada a l'orella, formada amb els seus cabells mateixos. Era companya de col·legi d'en Dac.

—¿Què et fa suposar que estan en perill? —vaig preguntar jo.

—Les cartes misterioses, la ploma del papagai...

—Però la puput i els seus ocells semblaven estar de festa...

—Estan en perill perquè són presoners —va decidir ella—. ¿Per què tants misteris i tanta ocultació, si no?

—Està bé... —va apaivagar en Dac—. He convocat a aquesta reunió el Recluta Zero. Arribarà d'un moment a l'altre.

—¿Has cridat aquest...?

—Segur que no vindrà. I si ve, no sé si em podré aguantar...

—Però... ¿per què vols veure'l?

En Dac va explicar la seva teoria, segons la qual

la ploma del papagai no va ser recollida al jardí, sinó a dintre de la torre, i que el Recluta sabia més coses de les que va confessar a la policia. Volia demanar-li que ens ajudés a explorar la finca, a canvi de la clemència del seu pare en l'afer de les sostraccions de correspondència.

—¡Però si és un embrollaire i un mangui i un pòtol!

—¿Com vols que ens fiem d'ell? L'altre dia em van clavar una pallissa, els traïdors...

—¿Nosaltres no som capaços, tots sols, de resoldre aquest problema? ¿Necessitem que algú ens ajudi?

—És només una col·laboració especial. A vegades cal pactar amb l'enemic per anar més de pressa. A més a més..., després del fracàs i de la baixa que vam tenir quan vam intentar saltar el mur per darrera vegada, he decidit demanar la col·laboració de professionals.

—Jo encara puc... —va protestar el Pelicà, però va callar en sentir que trucaven a la porta.

El Pelicà no es va moure de la cadira. En Dac va anar a obrir i va tornar amb el Recluta Zero.

—Seu... —li va dir.

El nouvingut es va quedar repenjat a la paret amb aire de perdonavides. Ens mirava amb els seus ulls de pirata xinès i somreia una mica, amb un cert aire de superioritat:

—Estic bé així —va dir—. ¿Són col·legues?

—Del grup —ens va presentar en Dac—. Pelicà. Bernat Pescaire. Falcó Mostatxut.

—¡Apa! ¿I com em direu a mi? ¿El Pardal de Passa?

Després es va fixar en mi i va afegir:

—Em sembla que ens coneixem...

—Per desgràcia —vaig dir jo amb mala idea.

—Bé... —va tallar en Dac—, esperem que a partir d'ara us conegueu millor.

El Recluta tenia un riure forçat, com si estigués nerviós, i era evident que no es trobava a gust entre nosaltres. Portava roba de color caqui, d'estil militar, molt gastada, de segona o de tercera mà, i anava amb el cap pelat al zero. Tenia la pell molt fosca i la cara de nen, amb les celles espesses i els pòmuls marcats, amb una cicatriu que li partia la galta esquerra, del llavi a l'orella.

—Escolta —es va dirigir a en Dac—. Ara sóc legal. No vull més gresca. ¿No és una llufa el que m'has promès aquest matí? ¿Segur que quedaré net i la bòfia no m'emprenyarà més?

—Si fas el que hem convingut, sí. ¿D'on vas treure la ploma del papagai?

El Recluta Zero va trigar un moment a contestar, com si no s'acabés de fiar de nosaltres. Fins que al final es va decidir:

—¿És important això?

—És important saber el lloc exacte on vas trobar la ploma.

—A dintre de la casa. Hi ha una porta al darrere que és la de la cuina i s'obre com si res. A la torre, a dins, no hi ha mobles ni plats ni cortines ni res. Vaig pujar fins a les golfes perquè se sentien fresses estranyes. Eren plenes de gàbies grans, com les del zoo, amb ocells especials...

—¿Especials?

—Bé... Ocells d'aquests que surten al cine, de selves i aventures. Moltes eren cries, amb nius i abeuradors...

—Però, ¿quina mena d'ocells? ¿Falcons, puputs, àguiles, papagais...?

—Sí, és clar... Un papagai sí que hi era. El més espavilat de tots. Li vaig afaitar una ploma. No hi havia res més per mangar. Per això no et fiquen a la carbonera. A la cangrí, vull dir.

—¿Què més? ¿Puputs...? ¿Àguiles...?

—D'àguiles també n'hi havia. Àguiles grans i petites...

—¿Falcons, milans, esparvers...?

—No ho sé... ¿Són com les àguiles, oi? El que més hi havia eren cries.

Els quatre companys ens vam mirar amb els ulls encesos, sense dir res. El Recluta Zero ens observava, admirat de l'interès que despertaven les seves paraules.

—¿No vas veure res més?

—¿Què més...?

—Una puput enorme, un mussol gegantí, una gralla colossal, un faisà vermell...

—No... Quasi tots eren petits, cries...

Un altre cop l'intercanvi de mirades i el silenci. I el Recluta Zero que proposa:

—Podem anar-ho a veure aquesta mateixa nit, si voleu. Per mi...

12. L'hort del paradís

3ª EV

12 *L'ocell del paradís*

—¿I LES CARTES? —va preguntar en Dac, abans de respondre a la seva proposta.

El Recluta Zero va buscar per l'ampla butxaca de la seva guerrera color verd oliva i va treure'n tres o quatre sobres, molt arrugats, del mateix estil que els que nosaltres havíem rescatat entre les escombraries dels contenidors de la Ciutat Esportiva.

—Només he trobat això...

En Dac va examinar els sobres i el seu contingut mentre ens explicava:

—Li he demanat que fes memòria dels altres llocs on hagués llençat cartes rebutjades, ell o els seus camarades, i les recuperés...

—Però la majoria se les han endut els escombriaires...

—Els mateixos destinataris pintorescos —llegia en Dac, sense fer cas de les paraules del Recluta—: Territ Becadell, Alosa Becuda...

En Dac llegia de pressa o bé resumia per a nosaltres el contingut d'una carta mentre desplegava la següent i en començava la lectura ràpida i silenciosa:

—Històries de gossos que salven la vida de nens en perill. Al Canadà, un nen queda abandonat en una cabana, en ple hivern, sense cap mena de calefacció, i el gos es posa sobre el vailet i l'abriga amb el pèl fins que, després d'un dia i mig d'espera, arriba un equip de salvament. I en acabar, el mateix afegit de sempre, que si a Algesires hi ha gossos d'aquesta raça, i la signatura amb les inicials de l'Àguila Coronada.

Un cop llegides i resumides en veu alta, en Dac tornava les cartes al Recluta Zero, que les rebia amb un gest d'estranyesa.

—Un estudiant extremeny que perd curs perquè es passa les nits fent guàrdia prop dels nius de les àguiles coronades per evitar que algú robi els ous. Després diu que l'estudiant se'n va anar a estudiar a Cartagena, no sé per què. Una altra: un grup d'estudiants asturians que ha fundat una associació per protegir els pocs óssos que queden al Principat d'Astúries, i que cada cop que un ós mata una ovella, paguen al pagès el preu de l'animal sacrificat, amb la condició que no faci cap mal a l'ós. Parla del port de Vigo com la residència d'uns estudiants gallecs que volen fundar una organització semblant a l'asturiana. Una altra: a la Xina han dictat una llei per protegir els pandes, de manera que els caçadors poden ser condemnats a mort. Diu que a Barcelona li han assegurat que ja han dictat tres condemnes de ca-

dena perpètua contra caçadors de pandes, xinesos...

—Els esgrogueïts de la Xina es passen una mica, ¿oi? —va comentar el Recluta Zero.

—Escolta, noi —en Dac li va plantar cara amb energia—. Sembla que no ho entenguis. Si algú destrueix un edifici, per important que sigui, amb els plànols originals i un nou esforç, l'edifici pot reconstruir-se; però si algú destrueix els darrers exemplars d'una espècie en perill d'extinció, aquests animals desapareixeran per sempre més de la capa de la terra, ningú no podrà veure'ls mai més en vida, ¿ho entens? Mai més, mai més, mai més. Com si no haguessin existit.

El Recluta Zero va arronsar les espatlles:

—No se m'havia acudit...

—¡I hi ha més de dues-centes classes d'ocells en perill de desaparició definitiva! Això sense parlar d'altres animals...

El Recluta Zero va fer un xiulet.

—¡Òndia! ¡Quina història! Això vol dir que aquests animals deuen valer un dineral. ¡La quantitat de paios que deuen anar al darrere d'aquest pal!

Ens vam mirar tots quatre. Era com si acabéssim d'escoltar una revelació. En Dac li va demanar:

—¿Què vols dir amb això?

—Pal: treball, història, negoci. ¡Ara entenc perquè us interessen tant aquests ocellots! ¡Les aus del paradís!

—Els ocells del paradís —el va corregir el Gall

Salvatge—. L'ocell del paradís és un dels més cotitzats, com les cacatues, els lloros i els papagais...

El Pelicà, sense fer cas de les paraules d'en Dac, va dir:

—¡Ja ho tinc! Són contrabandistes o traficants d'ocells exòtics o en perill d'extinció, que fan servir la finca abandonada per a les seves... històries, com diu el... tronc.

—És possible... —va reflexionar en Dac—. Aquesta era una de les nostres hipòtesis... Pero ¿i les cartes?

—Avisos en clau... —va aventurar la Bernat Pescaire.

En Dac va tornar a agafar els papers de la mà del Recluta i els va examinar en un moment.

—No hi ha cap lletra ni cap paraula subratllada, ni cap senyal sospitós...

—Però sempre, al final de cada carta, en acomiadar-se, esmenten el nom d'alguna ciutat de la península, d'algun port de mar, exactament... —insistia la Bernat Pescaire.

—¿I la puput gegantina i la seva cort d'ocells magnífics? —vaig preguntar jo.

—¡Això ho descobrirem aquesta mateixa nit! —va resoldre, decidit, el nostre Gall Salvatge.

13 *La cucala negra*

AQUELLA MATEIXA NIT, el Recluta Zero, en Dac i jo vam saltar el mur de la finca, protegits per un matalàs de sacs i draps vells que ofegaven les puntes dels claus i vidres trencats posats a la part més alta, al llarg de tot el clos que voltava El Paradís. Vam saltar pel cantó de la muntanya, on hi havia un bosc salvatge que semblava perllongar, més enllà del tancat, la vegetació desordenada del jardí.

Dels altres tres cantons que voltaven la finca, un donava al carrer, gairebé al davant de l'edifici de casa, al capdamunt del carrer costerut que dividia el barri, amb la Ciutat Esportiva, els seus pavellons i camps oberts, per un cantó, i un intent de bosc que arribava amb esforços fins a la meitat de la muntanya, per l'altre; el tercer costat, paral·lel a l'elegit per al nostre assalt, llindava amb una altra finca més petita, amb jardí molt ordenat i torre modernista, restaurada per l'amo i resident, un ric fabricant de perfums amb fàbrica al cinturó industrial; i el mur més apartat, el de final de la finca, que donava a un barranc brut de matolls i arbrissons, escombraries i peces de cotxes rovellades, més enllà del qual s'alçaven altres murs, altres jardins i altres mansions més o menys grandioses.

El primer pla que havíem traçat preveia que el Pelicà i la Bernat Pescaire vigilessin els nostres moviments, com si ens cobrissin la retirada, des de la terrassa de casa meva, amb un parell de coets de fira a punt per si descobrien algun perill que amenacés la nostra incursió. Però a darrera hora vam haver de canviar l'estratègia perquè els meus pares es van negar a deixar-nos la terrassa per als «nostres treballs d'observació astronòmica», si no era els caps de setmana. I només ens van permetre la sortida nocturna, fins a dos quarts de dotze, màxim fins a mitjanit, gràcies a les súpliques de la mare del Gall Salvatge, la professora de literatura, que els va jurar i perjurar que vetllaria per la nostra seguretat i els va garantir l'eficàcia dels treballs escolars que, suposadament, faríem a casa seva.

Això va obligar el Pelicà i la Bernat Pescaire a posar-se a l'aguait al portal d'una botiga de queviures, tancada a aquelles hores, situada als baixos de la casa veïna a la meva, per vigilar la porta de la finca i avisar-nos amb els coets si entrava algú.

El jardí era més atapeït, brut i embolicat del que semblava vist des de dalt. Ens va costar força orientar-nos i descobrir la torre, amagada pel brancam. El Recluta Zero, silenciós i amb la rapidesa, suavitat i seguretat d'un felí, s'obria pas entre les mates i la brossa, sense por a estrips o esgarrinxades, com si rellisqués per un pendent.

—¡Aquests són els finestrals! —vaig dir jo, quan es van veure entre els arbres.

Ens hi vam acostar amb compte. Era tot fosc. Semblava un edifici noble abandonat. Ni una fressa, ni un fil de llum, ni rastre de les festes i cerimònies que havíem contemplat des de casa.

—No hi ha ningú —va fer en Dac.

—Seguiu-me —va ordenar el Recluta Zero, donant la volta a l'edifici.

—¿On ens portes?

—¿No volíeu veure els ocells engabiats? La porta de la cuina és al darrere.

—Efrem: ¿tens la llanterna a punt?

—Sí...

—No encengueu cap llum. Amb la lluna n'hi ha prou, de moment. Si de cas, només una lot. La portaré jo, que vaig al davant.

—Agafa la meva, que és més potent...

En Dac va donar-li la seva llanterna vermella, magnífica, amb la part del mànec per agafar-la blau fluorescent, una brillantor opaca, blau fosca, que la mà amagava quan l'agafaves i facilitava trobarla en altres circumstàncies.

La porta del darrere de la cuina estava gairebé desballestada. Amb una empenta al pom n'hi va haver prou perquè s'obrís. La cuina, immensa, semblava el fons d'una piscina abandonada. Vam pujar per una escala estreta, de parets escrostonades i esglaons gastats. Tota la casa feia una olor rància i a mesura que pujàvem, la ferum de corral, de gallinassa, era més forta.

—Vull veure la sala dels finestrals —vaig dir.

—¡Calla! —va ordenar-me en Dac—. Si de cas, després, quan baixem...

Les golfes eren una sala alta i neta, a sota teulada, amb finestres amples de mig punt, semblants als porxos de les places d'alguns pobles, i de cara a ponent, a la barrancada. El terra estava brut; hi havia taques de fems d'animals i en Dac va descobrir grans de blat de moro i panís entre les juntures de les rajoles i un abeurador amb aigua bruta, oblidat en un racó. Però en aquelles golfes buides, no hi havia ni aviram ni gàbies.

El Recluta Zero era el més sorprès.

—¡Us juro que n'estava ple! ¡Eren aquí...!

No vam tenir temps dc reaccionar. La casa es va omplir de sobte de sorolls, passes per les escales i les sales, rialles, refilets, piuladissa, i una música de piano i violí molt dolça, com un encens que ho perfumava tot.

En Dac va treure el cap per una finestra i va mirar el cel.

—Cap senyal. Cap coet.

—¿Per on han entrat? —vaig fer jo.

—¡Toquem el dos! —va ordenar el Recluta.

Vam baixar l'escala de les golfes a la cuina amb molt de compte. En un dels replans, jo vaig suposar que érem al nivell de la sala dels finestrals, la música se sentia amb més força, i unes veus estranyes, com sortides del fons d'un pou, deien:

—La puput és el rei.

—Però la cucala negra és la que salva els ocells i els guia fins al regne de Nuvolcucut —deia una veu ronca i fosca.

—La cucala i el gaig, no ho oblidis. El gaig, amb els seus ulls blau cel i el seu cos de color de rosa amb una faixa de ratlles blaves i negres a les ales... Un plomatge més vistós que el de la cucala.

—El feliç regne dels ocells, Nuvolcucut, el país dels ocells, situat entre el cel i la terra, lluny de les maldats dels humans.

—Només els homes i les dones que hagin demostrat la seva amistat amb els animals podran convertir-se en ocells i viure a Nuvolcucut...

—Amb la nostra puput...

El Recluta Zero ens empenyia perquè continuéssim cap avall i sortíssim de la torre de seguida. Al jardí, en passar per sota els finestrals, ens vam quedar un moment al davant de la casa, amagats darrere unes mates. La sala resplendia de llum i la gloriosa puput, voltada de la seva cort d'ocellassos, es movia aquesta vegada entre la fosca i lluent cucala de bec poderós i el gaig rosat amb el seu serrell de plomes blanquinegres al front.

14 *L'esparver d'espatlles negres*

DESPRÉS de discutir llargament amb els nostres companys apostats al portal de la botiga de cara a la finca, discussió que vam continuar l'endemà al migdia a casa del Pelicà, vam decidir tornar a entrar a la torre, pel mateix lloc i procediment que la nit passada, per veure totes les estances a la llum del dia. El misteri de la puput i el seu ocellam de cort de Nuvolcucut ens preocupava més en aquell moment que el dels ocells desapareguts a les golfes i les cartes amb notícies sobre animals, i fins i tot que la desconcertant ploma de papagai que el Recluta Zero ens havia ensenyat.

El Pelicà i la Bernat Pescaire van assegurar-nos una i mil vegades que ningú no havia entrat ni sortit de El Paradís mentre ells van vigilar la porta principal i única.

—Aleshores vol dir que van entrar per un altre cantó —va dir el Recluta Zero.

—Potser van baixar de Nuvolcucut —va riure en Dac—, el regne o la república dels ocells, situat entre el cel i la terra, ¿ho recordeu?, als núvols...

—¡Tu sí que tens el cap als núvols! —s'impacientava la Bernat Pescaire—. No cal dir que en la propera visita jo no em quedaré a fora, vigilant al carrer...

Van refusar la meva proposta d'acudir a la policia o, com a mínim, d'informar el pare d'en Dac, que venia a ser el mateix, encara que, segons el Gall Salvatge, la darrera proposta era molt pitjor per demanar auxili o consell.

—¡Si ens presentem a la policia amb la faula de Nuvolcucut, ens prendran per guillats, es riuran de nosaltres! —va dir el Pelicà.

—Tampoc no podem anar-hi amb la història d'unes espècies d'ocells protegits, presoners en una torre abandonada i desapareguts com per art de bruixeria... —va comentar en Dac—. No tenim cap prova, només la ploma del papagai i amb això no n'hi ha prou... ¡I el meu pare és capaç de trencar-me la cara si li parlo de les cartes robades!

L'únic camí era arriscar-nos a tornar a la finca de dia i veure si trobàvem més proves, investigant totes les estances de la casa.

—¿No és una prova suficient l'espectacle de la puput, la cucala i el gaig i tota l'ocellada fabulosa? —insistia jo.

—Encara no sabem quina relació té aquest ocellam amb tota la resta... —replicava en Dac—. I tampoc no sabem quins dies ni a quines hores es produeix exactament aquesta visió extraordinària. Ens exposem a cridar algú per fer-li veure el portent i que no passi res...

L'hora triada va ser cap al tard, a la sortida del col·legi, quan el sol ja estava gairebé apagat, però amb llum i temps suficients per a la nostra visita. Aquest cop el Pelicà i la Bernat Pescaire van voler participar més activament en l'aventura i, al final, després de moltes negociacions, ens va tocar al Pelicà i a mi quedar-nos a la rereguarda de la terrassa de casa, en aquesta ocasió sense coets, només amb un drap vermell que havíem d'hissar si advertíem algun perill, malgrat que de poc els serviria si es trobaven a dins de la torre. A mi em va tocar per ser el membre o soci més jove de Les Ales de la Nit, ja que el Recluta Zero n'era només col·laborador ocasional. I al Pelicà perquè l'estat del seu braç encara no li permetia certes alegries, circumstància que dissimulava la raó més fonda del seu físic, que servia més per a feines de planificació que d'acció.

L'expedició va tardar una hora i mitja llarga a tornar al quarter general, establert en aquesta ocasió en un dels camps oberts de la Ciutat Esportiva, i al qual vam acudir el Pelicà i jo així que els vam veure sortir saltant el clos. Els tres expedicionaris van arribar excitats, somrients i suats. Es prenien la paraula els uns als altres per explicar-nos les seves descobertes.

—Hi ha una porta, petita, metàl·lica, a la paret del cantó del barranc. La devien fer servir per llençar les escombraries a la torrentera...

—I en el fons del jardí hi ha una cabana amb quatre eines rovellades...

—I a les golfes hem trobat tot de gàbies amb

ocells extraordinaris: cacatues, coloms molt exòtics, amb una cresta com una corona de plata, lloros de color lila amb la cua groga punxeguda, i un exemplar bellíssim, espectacular, de plomes platejades...

—Era un ocell del paradís.

—¿I això què és, Dac?

—Un ocell molt bonic de Nova Guinea, que es diu així perquè és... com un ocell del paradís. Hi ha qui diu que és l'ocell més bonic del món. El més espectacular, segur que ho és.

—¿Eren diferents de les àguiles i falcons que vas veure el primer cop, Recluta?

—No tenien res a veure. Les bèsties d'avui són més guais, cosa fina, xaxis, xaxis.

—¿Què més?

—La sala de la puput i els seus ocells amics era buida, sense mobles, però les parets eren plenes de retalls de diaris, de fotografies i de notícies sobre animals. I algunes cartes com les que vam interceptar. I cartells. Tot enganxat amb cinta o amb xinxetes, com si fos una sala de jocs. N'hem arreplegat algunes mostres... Mireu.

La Bernat Pescaire ens va donar, al Pelicà i a mi, un dibuix, un retall de diari i un parell de fotografies, també retallades dels diaris. Una de les fotografies mostrava una tortuga i el peu deia: «La tortuga mediterrània és una espècie en perill d'extinció. Els traficants de tortugues són els principals responsables de la precària situació en què es troba l'únic queloni mediterrani.» La segona fo-

tografia representava un ocell gran com una garsa, molt clapejat i ratllat, amb potes grans i peus verds, amb el bec enlaire i amb posat encarcarat, i el peu deia: «Bitó comú. Aquest hivern, durant la temporada de caça, han estat abatuts dos bitons comuns en el Parc Natural dels Aiguamolls de l'Empordà. Aquest és un dels pocs paratges de la península ibèrica en els quals es cria aquesta espècie protegida, amb només dues o tres parelles.»

El dibuix representava dos ocells força semblants, l'un de color cendrós més intens que l'altre, de cap i cua blanquinosos i el capdamunt de les ales negres, més petit i rodanxó. A sota del primer hi posava «Esparver cendrós», i a sota del l'altre, «Esparver d'espatlles negres». I en un dels cantons del paper, algú hi havia escrit amb lletra informal: «¿Quin dels dos esparvers trieu per a Nuvolcucut, el cendrós o el d'espatlles negres?»

Mentre el Pelicà llegia el retall del diari, la Bernat Pescaire desplegava un cartell.

—Tots eren iguals —va dir.

El cartell consistia en una gran fotografia de la puput amb tota l'esplendor de la seva cresta desplegada, i al seu costat, en un segon pla, de mida més petita, com si fossin patges, en actitud servil, inclinant cortesament el cap, la cucala negra i el gaig. Unes lletres molt grans anunciaven, al damunt de la fotografia que ocupava el centre del cartell, «ELS OCELLS», i dessota de la foto, amb lletres més discretes, «Abandona les preocupacions, les pol·lucions, els sorolls... Transforma't en ocell i vola amb nosaltres al regne feliç de Nuvolcucut, el paradís de la llibertat i de l'aire pur.»

—¡Estan sonats! —va riure el Recluta Zero—. ¡Estan tocats de l'ala!

—¿Qui? —vaig preguntar jo.

—Aquests ocellots... S'enrotllen més que una persiana.

El Pelicà em va passar el retall de diari. Vaig llegir: «La Societat per a la Preservació de la Fauna i la Flora ha llençat a la Gran Bretanya una campanya anomenada "Galàpets a les carreteres", amb la qual pretenen reduir el nombre d'amfibis esclafats pels cotxes. L'objectiu principal d'aquesta campanya és construir túnels petits en els llocs de migració d'aquests animals perquè puguin travessar les carreteres més transitades sense perill. Diversos països ja s'han adherit a aquest projecte.»

15 *L'amazona de l'illa de San Vicente*

—¡JA HO TENIM! —va cridar el Pelicà mentre jo llegia el retall dels galàpets.

—¿Què és el que tenim? —van preguntar tots a la vegada.

—La prova.

—¿Quina prova? —va dir en Dac amb la veu alterada.

—¡La que ens mancava per acudir a la policia!

La Bernat Pescaire va assenyalar les fotografies, el cartell, el dibuix i el retall i es va posar a riure:

—¿Què podem provar amb això? Això no prova res. Si en aquest moment la policia es fica en l'embolic, esbarriarà la cacera i espantarà la caça.

—Em refereixo als ocells...

Els tres que havien estat a les golfes es van mirar amb sorpresa. El Pelicà va continuar:

—Podíeu haver portat algun d'aquells ocells tan espectaculars, l'ocell del paradís, per exemple, per ensenyar-los a la policia...

—Tens raó... —va concedir la Bernat Pescaire.

El Recluta Zero mirava tothom de cua d'ull i no deia res.

—No hi hem pensat... —va admetre de mala gana en Dac—. Però jo conec bé la policia i si no ens hi presentem amb proves claríssimes i una explicació convincent, completa, total, de l'embolic, no solament correm el perill que no ens facin cap cas, sinó que podem alertar els traficants i espantar-los i fer-los fugir, i d'aquesta manera perdríem tot el que hem guanyat. És millor esperar i seguir endavant pel nostre compte.

—Però...

—No hi ha rèpliques que valguin. No vull fer el ridícul. Hem de començar per esbrinar què és aquest misteri de Nuvolcucut i dels ocellassos nocturns. I després hem de descobrir on són les àguiles, els falcons i les cries que va veure el Recluta el primer cop, i d'on han sortit els exemplars que hem trobat avui. Les cacatues...

En Dac va aturar-se, ens va mirar a tots un moment, un per un, com si examinés si érem capaços d'apreciar les seves paraules, i va continuar:

—...les cacatues i alguns lloros són espècies amb màxima categoria de protecció. D'un guacamai anomenat de Spix només en queden cinc exemplars a tot el món. I d'una mena de lloro anomenat amazona de l'illa de San Vicente, una illa del Carib que es diu així, en queden només quatrecents. I el que hem vist a les golfes podria ser un d'aquests amazones. Són de color lila iridescent, amb el capdavall de la cua groc. Els col·leccionistes de lloros de tot el món pagarien fortunes per aquests ocells.

—¡I nosaltres pencant com burros per res!

—Calla, Recluta, que el que tu fas no és pencar; les teves especialitats són manguelar, guindar, netejar cotxes per dintre i fer-te el llonguis.

—¿Tu què xamulles, senyoreta Xunga...?

—Però... ¿d'on han sortit aquests ocells? —vaig preguntar jo, intrigat per aquell món absolutament nou per a mi.

—Del Brasil i del Paraguai, els uns. I de Singapur, els altres. Són els punts més importants de contraban d'ocells protegits. D'aquests llocs els exporten il·legalment a tot el món. Els traficants fiquen els animals, que prèviament han immobilitzat amb una faixa d'esparadrap entorn de les ales, en mitjons, mitges, tubs, canons, mapes enrotllats i tot tipus d'objectes cilíndrics, i així viatgen clandestinament, la majoria per mar, fins als ports europeus, on són introduïts en el continent per bandes de delinqüents que actuen d'acord amb els traficants dels països d'origen.

—Deuen quedar convertits en una mena de tubs de plomes... —va comentar la Bernat Pescaire.

—Ports europeus: Tarragona, València, Vigo, Algesires...

—¿Què t'empatolles, Pelicà?

—A cada una de les cartes interceptades, al final s'esmentava un port de la península...

—Cert.

En Dac va quedar-se un moment pensatiu.

—¿Com saps tu aquestes coses? —li va preguntar el Recluta Zero.

—M'ho va explicar en Gustau, el de Servei de Protecció de la Natura.

—Però... ¿i els lloros que hi ha a les botigues que venen animals? —jo no ho acabava de veure clar.

—Tenen certificats legals, no hi ha cap problema. Són espècies que no corren perill d'extinció i poden vendre's i comprar-se arreu del món.

—És tard... —ens va recordar la Bernart Pescaire—. ¿Quin pla teniu per seguir endavant?

—He pensat —va dir en Dac— que per força hi ha d'haver algú que s'ocupi dels ocells de les golfes. I el regne de Nuvolcucut no és als núvols, si més no el que nosaltres hem vist. Proposo fer torns de guàrdia durant vint-i-quatre hores a la porta del darrere, la que dóna a la torrentera, per veure qui entra i surt.

En Dac es va dirigir a mi:

—Em sap greu, Falcó Mostatxut, però ja no necessitem la teva terrassa. El punt d'observació s'ha desplaçat a l'altre cantó.

—Impossible —va calcular la Bernat Pescaire—. Som cinc, això comptant que el Recluta Zero continuï col·laborant amb nosaltres, o sigui que toquen gairebé cinc hores de vigilància per cap. ¿Qui pot passar-se cinc hores seguides, a la nit o a la matinada, solitari, en un clot abandonat que és pitjor que un abocador d'escombraries? Impossible.

En Dac, capcot, no deia res.

—Jo puc —va dir, de sobte, el Recluta Zero—.

Amb els meus dos col·legues. Els de la meva colla.

Els quatre ens vam mirar, sorpresos. El Recluta va insistir:

—Són xaves de confiança. Legals. I no s'arruguen per res. Però són hores extres i si no n'hi ha de calents, res. O llufes, o nanai.

—¿Llufes? —va repetir la Bernat Pescaire.

El Recluta Zero va fregar-se el dit índex amb el polze i va aclarir:

—Caleri. Calés. Peles. Llufes. Pasta. Mantega. Diners.

—¿Qui es queda els ocells que rescata la policia? —vaig preguntar jo, mirant de buscar solució al problema econòmic que es presentava.

—Són del país de procedència —va explicar en Dac—, però de fet molts es queden als zoos dels llocs on són rescatats.

I després, dirigint-se al Recluta Zero, li va dir:

—Del caleri ja en parlarem quan acabem.

—Ho deia pels meus col·legues...

—Els teus companys també hi guanyaran, ja ho veuràs, no et preocupis. ¿Comenceu aquesta mateixa nit?

—¿Ara mateix?

—És que tinc por que se'ns escapin... El lot d'ocells que hem vist és excepcional.

—Si s'ha de fer... —va acceptar el Recluta.

—Però... ¿quina excusa donareu a les vostres famílies per passar la nit fora de casa? —va inquietar-se la Bernat Pescaire.

—Senyoreta Xunga: les nostres famílies no són com les vostres famílies. Per començar, la meitat de les nostres famílies treballa de nit. Per exemple, el meu pare no és mai a casa perquè porta un camionàs per tot Europa, de punta a punta. I la meva mare neteja despatxos a la nit, quan ningú no hi treballa. Paguen més llufes, ¿saps?

En Dac li va passar un braç pel coll i va començar a caminar amb ell cap a la porta, donant la reunió per acabada.

—¡Molt bé, xaval! Al matí, a les vuit en punt, vindré a rellevar-vos.

—¿Què fem si atrapem algú?

—Ocell o persona, puput o cucala, sigui qui sigui que passi la porta aquesta nit, no deixeu que s'escapi.

—¿I si vola al seu refugi de Nuvolcucut? —va fer broma el Pelicà.

—Aterreu-lo sense pietat. ¡Aquesta nit o mai!

16 *L'ocell del paradís de l'emperador d'Alemanya*

—¡ALARMA ROJA! —va cridar en Dac per telèfon, a primera hora de l'endemà al matí, acabat de sortir del llit.

—¿Què passa?

—Han pescat el Recluta Zero i els seus col·legues!

—¿Què dius?

—El que sents.

—¿Com ha estat?

—T'ho explicaré després.

—¿On són ara?

—A la comissaria. I hem d'ajudar-los.

—¿Com?

—T'esperem en el camp al costat de la Ciutat Esportiva d'aquí a mitja hora.

—¿Vindran tots?

—Estan tots avisats. Adéu.

Em vaig rentar i vaig esmorzar en un tres i no res, nerviós per la mala notícia que el Gall Salvatge acabava de fer-me saber. La mare em vigilava amb inquietud:

—¿Què passa? ¿Qui és que t'ha trucat tan d'hora?

—Ha dit que era un amic —la meva germana havia agafat el telèfon, la primera—. I era urgent.

—Amigots —va fer una ganyota de fàstic la mare.

—Si més no, és matiner —va comentar el pare, tranquil i foteta.

—Hi ha problemes... —vaig inventar jo mentre parlava—, amb les observacions nocturnes de la volta celest.

—¿Se us ha escapat un estel fugisser? —el pare s'havia llevat de bon humor aquell matí. Cap al tard ja veuríem com s'ho agafava, segons com anessin les coses.

—És que... ha desaparegut el telescopi del meu amic Dac. Un aparell que teníem instal·lat en un observatori provisional...

—¿En Dac és aquell noi esprimatxat, fill del cap de policia?

—De la Brigada Criminal.

—Un altre estel fugaç... Un vailet que apareix i desapareix de la terrassa, sense moviments fixos ni horari regular...

—Si truquen del col·legi —vaig avisar quan ja estava a punt de passar la porta— digueu que no hi he anat, digueu que arribaré tard... o que no hi aniré fins demà, per força major.

Així que tancava la porta de cop, vaig sentir la reacció que acabava de provocar el meu avís, un «¿queeeè...?» general de desaprovació. Però jo vaig córrer escales avall com si no hagués sentit res.

Al costat de la Ciutat Esportiva, i amb cares que pagaven només de veure-les, el ple ja es trobava reunit. La més desolada semblava que era la Bernat Pescaire, amb la cara ben vermella com si estigués a punt de plorar. El Pelicà aparentava més tranquil·litat. I a en Dac, els nervis no els deixaven estar quiet ni un instant i feia voltes sobre ell mateix com una bèstia engabiada.

—Dèiem —va resumir el Gall Salvatge quan jo vaig arribar— que les notícies que jo tinc vénen del meu pare, a través de la mare, és clar.

—¿Com ha anat tot plegat?

—Només sé que han enxampat el Recluta Zero i un dels seus que es diu Sendo quan sortien de la torre emportant-se'n un dels ocells.

—¿Qui els ha atrapat?

—Doncs... la Puput, els ocells de Nuvolcucut..., aquella gentota...

—Però... ¿qui ha trucat a la policia?

—Sí, Efrem Mostatxut, ja ho sé... Si Nuvolcucut ha acudit a la policia és perquè estan molt segurs i no han de tenir por de res...

—...i no són traficants o contrabandistes d'ocells protegits.

—No solament això —va afegir la Bernat Pescaire, la veu de la desolació—, sinó que sembla que Nuvolcucut és el nom d'una societat dedicada a la protecció dels ocells.

—¡Això és massa! ¡El que ens faltava pel duro!

—Una ficada de pota fins a les orelles.

—Tot i que la meva mare —va afanyar-se a dir

en Dac per frenar les nostres protestes— diu que Nuvolcucut, la Puput, la Cucala Negra, el Gaig... tot aquest trencacaps, trencaclosques o trencacolls, o trenca-com-se'n-digui, li recorda alguna cosa molt relacionada amb una altra qüestió.

—¿Què pot saber la teva mare de tot això? Ella és professora de literatura, no biòloga. I no seria gens estrany que aquesta societat hagués tret el seu nom del títol d'algun poema o d'algun conte que parlés dels ocells —va dir el Pelicà.

—El nom de Nuvolcucut, potser sí. Però, ¿amb els mateixos personatges de la Puput, la Cucala Negra i el Gaig? Per això la meva mare ha començat a repassar els seus llibres, per si troba alguna clau, algun detall...

—Bé, nois —es va cansar el Pelicà—, deixem-nos de romanços, que no ens porten enlloc. El cert és que ens hem ficat en un bon fangueig.

—¿I les cartes? —insistia jo.

—Retalls i notícies sobre animals que enviaven a l'Associació perquè en tinguessin coneixement i per als seus arxius i publicacions —va dir la Bernat Pescaire—. Això és el que han dit.

—No n'estic tan segur... —en Dac no es donava per vençut—. De totes maneres hi ha un fet positiu que l'Efrem encara no sap, i és que en Sesé, el segon del Recluta, ha pogut escapar-se i és ell qui té l'ocell robat.

—¿I on és ara? ¿On s'amaga?

—Esperem que no s'amagui. He triat aquest lloc per reunir-nos perquè vam quedar amb el Recluta que, si passava alguna cosa imprevista, aquest seria el lloc de contacte.

—¿I esperes que el fugitiu vingui aquí?

—Esperem que vingui o que faci alguna cosa per demanar ajuda per als seus companys.

En Sesé no va trigar més d'un quart a treure el nas. S'acostava capcot, com si s'hagués tornat tímid o no confiés gaire en nosaltres, per darrere de l'edifici de la piscina. Segur que ens havia espiat des d'algun amagatall, des que havíem començat la reunió plenària. En Sesé era un noi magre i esquerp, com un filferro, amb els cabells negres i brillants, com pintats amb xarol i banyats amb brillantina, i els ulls grossos, de mirada intensa. Portava un jerseiot i unes calces d'un color que era una barreja bruta de negre, morat i caqui.

—¿Què penseu fer per treure el Recluta i en Sendo de les mans de la bòfia? —va ser el seu Déu-vos-guard.

—¿I tu, què has pensat? —li va tornar la pregunta en Dac.

—Jo no els he ficat en aquest merder.

—Nosaltres tampoc no en som culpables. Havíem pactat que vigilaríeu la finca, no que hi entraríeu.

—Bé —va posar pau el Pelicà—, no us barallEU. Aquesta és una reunió pacífica per veure què podem fer per ajudar aquesta gent.

—Per mi, jo faré el que es presenti —va dir en Sesé—. Però ho farem tots plegats, que en aquesta història tots ballem el mateix ball.

—Abans que arribéssiu l'Efrem i tu, ja ho havíem decidit. Jo, i el que surti elegit d'entre els quatre que som aquí, anirem ara mateix a comissaria per explicar que els dos detinguts actuaven pel nostre compte... Però... ¿per què carai us vàreu ficar en aquest merder, per què vàreu pujar altre cop a les golfes?

En Sesé, més tranquil, va explicar l'aventura d'aquella nit. Per vigilar bé l'entrada del darrere de la finca, es van situar a l'altre cantó del barranc, mig amagats entre els matolls, el Recluta, en Sendo i ell, disposats a passar-se la nit a la serena, com tres sentinelles. Al cap de poques hores de vigilància, van veure aparèixer a la punta de la fondalada, del cantó oposat a la muntanya, la colla d'ocells gegants, drets com pals, caminant com persones, una processó fantàstica, amb la Puput, la Cucala negra, el Gaig rosat, el Mussol daurat, l'Oca groga, el Faisà vermell com la sang... i així fins a una dotzena d'ocells, amb uns colors tan brillants que la nit era només com un decorat de fons estripat pels forats de llum d'aquests personatges que avançaven animats cap a la porta metàl·lica del jardí abandonat.

Abans d'entrar a la finca, es van quedar un moment aturats davant de la porta i van posar-se a cantar i a piular una estona, com si volguessin fer broma o divertir-se una mica abans d'entrar a treballar en algun afer seriós.

—¡Món estúpid que camina cap a la seva destrucció! —cridava la Cucala negra—. Temps era temps, van ser els homes els qui van demanar auxili als ocells del cel per fugir d'un planeta ple de sorolls, preocupacions i disputes. Ara som els ocells els que demanem auxili als homes perquè ens ajudin a viure en aquesta terra inhòspita que ens ataca, destrueix els nostres boscos i roba els nostres nius. Homes estúpids, ¿com podeu viure en un món sec i desert, sense ocells, sense flors i sense fonts d'aigua fresca?

Després d'alguns discursos més del mateix estil, que el cor d'ocells va aplaudir, tota la colla va desaparèixer darrere la porta metàl·lica i ja no van veure ni sentir res més. I la curiositat va començar a neguitejar els tres sentinelles. A mesura que passava el temps, la impaciència creixia. Fins que van decidir que hi havien d'entrar. Van pensar que podien descobrir alguna cosa nova, pujar a les golfes i agafar alguna prova, és a dir, algun dels ocells guardat en la foscor.

—¿No es va quedar ningú a la porta, vigilant? —va protestar en Dac.

—No calia —va dir en Sesé—. Era una feina ràpida.

La porta metàl·lica del jardí era ajustada i no van tenir cap entrebanc per pujar a les golfes per l'escala de la cuina, fent servir la llanterna que els havia deixat en Dac. Tot passant per la paret que devia donar a la sala dels finestrals, van sentir altre cop les veus, però aquesta vegada eren molts els ocells que piulaven i refilaven, i una sola veu humana que deia:

—Així..., així..., molt bé... Hem d'ensenyar als homes a convertir-se en ocells, perquè puguin volar fins a Nuvolcucut, el nou paradís recobrat.

I després d'un nou guirigall de crits i piulades, la veu humana va continuar:

—Moltes persones han començat la seva transformació canviant el nom pel d'un ocell amic, i així es fan dir o es diuen Àguila Coronada, Bernat Pescaire, Mussol Set-ciències, Gall Salvatge, Falcó Mostatxut...

A les golfes hi havia els mateixos exemplars que el dia abans. Amb una novetat, segons va indicar-nos més endavant el Recluta Zero: ara, a cada gàbia hi havia una etiqueta enganxada amb el nom de l'ocell corresponent. Van triar la que posava «Ocell del paradís de l'emperador d'Alemanya». Era un exemplar de precioses plomes de plata. En Sesé la va treure de la gàbia i se la va ficar dessota el jersei amb molta cura i van iniciar la retirada. I aleshores va passar el tropell. Havien decidit baixar l'escala a les fosques per evitar perills, i anaven baixant a les palpentes, agafat cada un al cinturó del company que anava al davant, quan en Sesé, que anava al mig i protegia el presoner amb el braç que els altres feien servir per temptejar la paret, es va entrebancar i va caure de costat sobre l'esquena del Recluta, que anava al davant. Amb l'empenta tots tres van caure escales avall amb gran terrabastall, en Sesé al damunt del matalàs del Recluta, que va haver d'aguantar tot el pes de la caiguda. Immediatament van començar a aparèixer

per tots cantons els caps enormes dels ocells multicolors tot cridant: «¡Auxili! ¡Lladres! ¡No els deixeu escapar! ¡Truqueu a la policia...!», mentre el Recluta i en Sendo empenyien en Sesé dient-li: «¡Fuig! ¡Escapa't! ¡Obre't...» i ells es quedaven per aturar la persecució dels ocells.

—¿I on has deixat l'ocell de l'emperador d'Alemanya?

—D'això ja en parlarem més tard.

—Però... ara ja no serveix de res aquesta prova. Ja s'ha demostrat que no són uns criminals. A tot estirar són uns fantasmes. Molta llengua.

—O fantàstics homes-ocell que criden la policia quan tenen problemes, en lloc de cridar els seus reforços de Nuvolcucut.

—La desaparició d'aquest exemplar —insistia el Pelicà— ens perjudica més que ens beneficia.

—Als teus companys que són a comissaria, segur que els perjudica —va dir en Dac.

—¿Què vols fer amb l'animal? —li va preguntar la Bernat Pescaire.

—Depèn de com tractin els meus amics.

—Potser seria millor que ens presentéssim a comissaria amb l'ocell a la mà, com a prova de bona voluntat, ¿no trobes? —va intentar la darrera vegada el Gall Salvatge.

Però en Sesé no en va fer cap cas.

—Bé —va acabar en Dac—. A veure què passa.

La sort em va tocar a mi per acompanyar el Gall Salvatge a comissaria.

17 *L'ocell del rei de Saxònia*

—FEIA ESTONA que us esperàvem —ens va rebre un policia de servei a l'entrada de la comissaria així que va veure en Dac, que coneixia d'haver-lo vist moltes vegades en companyia del seu pare—. ¿On t'havien ficat?

Ens va fer entrar i ens va portar a un despatx on hi havia el Recluta Zero i en Sendo, amb cara d'haver acabat de sortir del quiròfan d'un hospital, tots dos asseguts al banc d'un racó. Hi havia també dos homes de mitjana edat, molt ben vestits, l'un amb una closca com una bola de billar i l'altre amb una abundant cabellera blanca, tots dos asseguts davant la taula darrere la qual seia ben repapat a la seva butaca un home d'uns seixanta anys, gras i fofo i amb un bigoti rinxolat, amb pinta de policia, tot i que anava vestit de paisà. Drets i d'espatlles a la finestra que donava al carrer, ressaltaven les siluetes d'un parell de joves de vint-i-cinc a trenta anys, amb mànigues de camisa, descalços i amb aspecte brut i cansat, com dos pintors de parets o dos mecànics d'un taller de cotxes després d'una feinada esgotadora. En el racó oposat al del banc on seien el Recluta Zero i en Sendo, un policia jove d'uniforme seia al davant d'una màquina d'escriure, amb les mans als genolls, tot contemplant amb resignació els reunits.

—S'han presentat voluntàriament —va dir el policia de l'entrada en fer-nos passar—. Han vingut tots sols.

—Gràcies —va saludar el grassonàs, des de la seva taula-parapet, al temps que li feia adéu amb la mà i clavava els ulls en en Dac. Després d'un moment de silenci, i aixecant la veu de manera amenaçadora, ens va increpar—: ¡A veure si a la fi podem treure l'aigua clara d'aquest embolic! El teu pare ha agafat un emprenyament, nano, que no t'ho pots ni imaginar.

En Dac va fer un gest indefinit amb el cap, mentre em deia en veu baixa, més per informar-me que per respondre a l'increpador:

—És el comandant Rago, amic del meu pare.

—El teu pare m'ha encarregat aquest cas dels estranys ocells del paradís i m'ha dit que m'oblidi de qui ets tu i que et tracti com si no et conegués i que si es demostra que ets culpable encara que només sigui un pèl, que no tingui contemplacions...

En aquell moment el Recluta Zero es va posar a cridar:

—¡Aquí no ha piulat ningú! ¡Nosaltres no som uns xivos!

—¡Tu, a callar, purrialla! ¡I dóna gràcies que no

ens recordem que amb la vostra tossuderia i el vostre silenci ens heu ficat en un embús del qual només ens n'hem pogut sortir quan ha arribat el cap de la Brigada, ha identificat la llanterna del seu fill, ha trucat a casa seva i ha ordenat la recerca i captura del presumpte! ¡Més de dues hores d'interrogatori i no hem pogut avançar ni un pam, pencos!

Mentre el comandant Rago s'expandia, en Dac i jo contemplàvem amb sorpresa i indignació la llanterna roja amb mànec fluorescent, inconfusible, posada al mig de la taula del despatx, com una prova concloent. Tot seguit vam mirar de cua d'ull el banc en què esperaven el Recluta Zero i en Sendo.

—Tornarem a començar i ho farem de zero —va decidir el comandant—. ¿Esteu a punt per a un interrogatori?

Jo vaig mirar en Dac, que va fer lleugerament que sí amb el cap. El policia mecanògraf es va posar ràpidament a teclejar la màquina.

—¿Reconeixes aquesta llanterna? —va preguntar a en Dac.

—És meva. La hi vaig deixar jo.

—¿A qui la vas deixar?

—A...

En Dac va assenyalar amb la mirada el Recluta Zero i es va quedar amb la boca en forma de a, segurament perquè en aquell moment es va adonar que no sabia el nom de veritat del Recluta i no es va atrevir a dir-ne el motiu. Potser també va pensar que les seves paraules podien representar una acusació contra el company, una delació. La veritat és que, en aquell despatx, les coses més senzilles es convertien en tremendament complicades. I em vaig alegrar del paper de segon que em tocava representar, deixant tota la responsabilitat de les paraules al Gall Salvatge, que per alguna cosa era el número u.

—¿O sigui que ets capaç de deixar una llanterna perquè un individu que ni tan sols saps com es diu es pugui dedicar als seus treballs nocturns? —va tronar el comandant.

—Perdó... —va interrompre el policia mecanògraf amb molt de mirament—, però és que em penso que no s'han fet les presentacions..., vull dir les identificacions.

El comandant Rago va estirar-se el bigotàs i va alçar la mà dreta per anar indicant les persones que presentava:

—Aquí, assegut a la meva dreta, l'administrador i responsable de la finca El Paradís, senyor Julià Ros, acompanyat del seu advocat, el senyor Andreu Gil —va assenyalar, respectivament, el senyor calb i el senyor capblanc—. A la finestra, els senyors Joan Tereu Rei i Ot Llopis Teter, president i vice-president de la Societat per a la Protecció dels Ocells, Nuvolcucut —eren els dos joves descalços i cansats—. Al banc, els dos menors acusats, Nepomucè Sans, àlies Recluta Zero, i Rossend Bau, àlies Sendo, amb un breu historial d'ensopegades amb la Policia Municipal.

«¡Nepomucè Sans!, vaig pensar jo. «¡Quin nom més espaterrant!» Però al Recluta Zero no devia fer-li cap gràcia perquè, així que va sentir el seu nom, va enfonsar un pam de coll entre pit i esquena.

—Aquí, dret —continuava el comandant—, el propietari de la llanterna trobada en poder dels detinguts per robatori d'ocell amb violació de domicili i nocturnitat, Dagobert Inista Romeu...

—Perdó... —va interrompre de nou el policia secretari—, ¿poso robatori d'ocell o bé robatori d'ocell exòtic protegit, que és el que hem posat abans?

—Posi el que li convingui.

I el comandant va continuar, dirigint-se a mi:

—Un company de l'anterior, suposo, que es diu... ¿com es diu?

—Efrem Sin Parés —vaig identificar-me jo.

—Bé. L'ajudant Nicasi Àlvarez —va assenyalar el mecanògraf, que no parava de teclejar—, i el que els parla, servidor de vostès, comandant Albert Rago. ¿Està bé així?

L'ajudant Nicasi Àlvarez va moure afirmativament el cap, i el comandant va continuar interrogant en Dac:

—Dèiem que vas deixar la teva llanterna a l'anomenat Recluta Zero, Nepomucè Sans. ¿Sabies que volia fer-la servir per entrar il·legalment en una propietat privada?

—¡I tant! Per això la hi vaig deixar.

—¿Per entrar a robar? —el comandant va fer

una cara que semblava a punt d'abraonar-se sobre el noi i començar a mossegar-lo.

—No. Per vigilar uns ocells que, segons el conveni signat a Washington per la majoria de nacions civilitzades del planeta, gaudeixen de la màxima protecció. Ens pensàvem que la gent que vèiem entrar a la torre d'amagat, eren contrabandistes o traficants d'espècies rares en vies d'extinció. La finca semblava abandonada.

—¡Abandonada! Precisament fa unes setmanes que l'administrador, aquí present, va aconseguir permís dels hereus, residents a Alemanya, per posar El Paradís a disposició de la Societat Nuvolcucut, que col·labora estretament amb la policia i el zoològic de la ciutat! Tu i els teus amics, que fiqueu el nas on no l'heu de ficar, ¿no sabíeu que en aquesta casa es guarden els ocells requisats als traficants, mentre duren les obres d'ampliació del zoo, i que els socis joves de Nuvolcucut en tenen cura amb el coneixement i el consentiment de totes les parts implicades?

—Però, si... —en Dac estava desconcertat i jo suplicava interiorment no haver d'obrir la boca i que ningú es fixés en mi—: Les cartes...

—Ja me n'han parlat, d'aquestes famoses cartes. No eren res més que retalls i notícies sobre la protecció i desprotecció dels animals que els socis i amics de Nuvolcucut, estesos per tot el país, enviaven al nou local social per ser estudiats i arxivats. ¡I no parlem de les cartes que no han arribat a la seva destinació per no embolicar més les coses!

—Senyor comandant... —va intervenir amb veu amable i melosa l'administrador calb—, els nois semblen haver actuat amb bona intenció. Per part nostra, ens donem per satisfets i...

—¿I la puput immensa, la cucala negra, el gaig rosat i la resta d'ocells que apareixien cada nit a la torre? —en Dac no es donava per vençut.

Els dos joves descalços es van acostar indignats a la taula.

—¡Aquests galifardeus, a més de lladres, han espiat tots els nostres secrets!

—¿És que no saben res dels homes que es converteixen en ocells?

El comandant es va aixecar amb un esbufec que va fer apartar altre cop els dos descalços cap al finestral, i es va acostar a en Dac. Li va posar la mà a l'espatlla i li va dir:

—La teva mare, que ensenya literatura, us explicarà el significat de Nuvolcucut i els seus ocells. Jo no ho faria tan bé com ella...

—Perdonin... —va insinuar altre cop l'administrador de la closca pelada i la veu aflautada—, però ara que ja hem aclarit l'equívoc, o sigui l'error ben intencionat d'aquests xiquets, em permeto recordar que encara no hem recuperat un dels ocells més valuosos de la col·lecció com és l'ocell del paradís de l'emperador de Saxònia.

En Dac i jo ens vam mirar, sorpresos.

—¿Què ha dit? —li va preguntar en Dac.

—L'ocell del paradís de l'emperador de Saxònia, el que s'ha emportat el vostre... company. Un exemplar esplèndid amb dues plomes blaves a cada cantó del cap, tan llargues que s'arrosseguen per terra... Seria una pena i una desgràcia que es fes malbé el plomatge o una sola de les plomes, o que l'ocell perdés el plomall... El seu valor baixaria moltíssim...

—El té en Sesé a les seves mans —va confessar en Dac, tot mirant el Recluta Zero—. No hi ha perill. Podem anar a buscar-lo, si volen...

—¡Una idea excel·lent! —va exclamar l'administrador, tot ell convertit en un enorme somriure—. Sisplau, tracteu-lo amb molt de compte. No oblideu que el seu valor és incalculable.

—Com el de totes les espècies úniques —va comentar un dels joves de Nuvolcucut.

—¡Un moment, amics! —va cridar el comandant, agafant altre cop les regnes de la situació—. ¡D'aquí no surt ningú sense les garanties pertinents!

18 *L'ocell del rei Tereu*

—ÉS CERT —va començar la mare d'en Dac—. Jo hauria d'haver-me adonat immediatament que Nuvolcucut, amb la seva puput, la seva cucala, el seu gaig i els seus ocells eren els personatges d'una comèdia clàssica en la literatura mundial. Però... ¿qui podia imaginar una cosa semblant? En fi, es tracta d'una obra cèlebre del teatre còmic, titulada *Els ocells*, i que va escriure fa uns dos mil quatre-cents anys un escriptor grec anomenat Aristòfanes.

La mare d'en Dac ens va mirar a tots sis: el seu fill, el Recluta Nepomucè, així l'havia rebatejat el Pelicà en assabentar-se de tot el que havia passat a la comissaria aquell mateix matí, en Sendo, el Pelicà, la Bernat Pescaire i a mi. Estàvem tots asseguts al seu voltant, a la sala d'estar de casa seva. Poca estona abans havíem pres una queixalada ràpida en un bar, convidats per la professora de literatura que va acudir a comissaria per garantir al comandant Rago que, abans no es fes fosc, tornaríem a presentar-nos tots amb en Sesé i l'ocell desaparegut. I ara, a casa seva, a primeres hores de la tarda, esperàvem el resultat de les gestions que el Recluta havia fet a casa d'en Sesé perquè el noi es presentés immediatament.

—A la comèdia s'explica com dos habitants de la ciutat d'Atenes, anomenats Evèlpides i Pisteter, farts de la vida difícil de la capital, s'escapen a un bosc proper, on troben una cucala i un gaig que els guien fins al cor del bosc, on es troben en els dominis d'un rei fantàstic, Tereu, que, segons la llegenda, s'ha transformat en puput i ha instaurat un regne capaç de proporcionar la felicitat a tots els seus súbdits. Quan troben el rei Tereu, disfressat de puput, al fons del bosc, en Pisteter li proposa de fundar, amb l'ajuda dels ocells, un reialme entre el cel i la terra, damunt dels núvols, per allunyar-se encara més dels problemes d'aquest món i ser més a prop dels déus. A Tereu Puput li sembla molt bé la idea i crida els ocells, imitant el seu cant, per explicar-los el projecte.

La professora va somriure un moment, veient l'expressió d'incredulitat del Recluta i d'en Sendo, i va continuar:

—Llavors surt un magnífic cor d'ocells de tota mena, amb tota la varietat de plomatges. En Pisteter els adreça la paraula per recordar-los que el poble plomós, o sigui que porta plomes, fou en altre temps l'amo del món. Animats per aquest discurs, tots els ocells es posen a treballar en el projecte d'una ciutat aèria que es dirà Nuvolcucut, o Vilacucut del Núvols o Cucòpolis dels Núvols, segons el diferents traductors de l'original grec.

—Nuvolcucut —va decidir la Bernat Pescaire.

—Bé. Una vegada acabada la ciutat, molts homes que volen fugir de les angoixes i els problemes de la capital i transformar-se en ocells acuden a Nuvolcucut per ser feliços, però són rebutjats perquè són els mateixos que a Atenes fomenten els embolics i les disputes. Fins i tot els déus de l'Olimp envien un missatger, ni més ni menys que el poderós Hèrcules, per pactar amb el nou regne de Nuvolcucut i evitar que s'independitzi del seu imperi.

—¿I com acaba tot plegat? —va preguntar en Dac, impacient.

—Al final, en Pisteter es veu obligat a condemnar a mort alguns ocells que han conspirat contra la ciutat perquè volien aconseguir més poder per a ells, i els serveix rostits en un banquet ofert al missatger d'Hèrcules, que és molt golafre i que, satisfeta la gola, concedeix als nuvolcucupolitans la plena sobirania. I la comèdia acaba amb les noces d'en Pisteter i el cant dels ocells.

—¿I què té a veure aquesta història amb el nostre problema? —el Pelicà va ser el primer a reaccionar. El Pelicà i la Bernat Pescaire ens havien atrapat quan sortíem de comissaria perquè els expliquéssim tot el que havia passat. Ens havien esperat tota l'estona, mig amagats rere una cantonada. O sigui que no havien viscut l'experiència i, tot i la nostra explicació, desconeixien molts petits detalls.

—Té a veure —va explicar amb paciència la

mare d'en Dac—, perquè els socis més joves de la societat anomenada Nuvolcucut feien servir les sales més grans de la torre per assajar aquesta comèdia, *Els ocells*, d'Aristòfanes, que volien representar a l'aire lliure, després d'una alegre cercavila per tot el barri, el Dia Mundial de la Protecció dels Animals.

—¿Assajaven en secret? —va preguntar la Bernat Pescaire.

—Sí. Volien que fos una gran sorpresa, sobretot per les disfresses, magnífiques, i pels capgrossos, esplèndides imitacions dels ocells de la comèdia. Per això feien servir la porta del darrere, la que dóna a la torrentera, la més amagada, perquè no els veiés ningú. Sembla mentida que a vosaltres, que us agraden tant els secrets i els noms de batalla, no us càpiga al cap això tan fàcil d'entendre.

—¿I què feia tota la basca fardant pel barranc amb els seus piu-pius i discursos, i tota la grimègia? —va dir el Recluta.

—Assajaven la cercavila, segur.

—O sigui que els cartells... —va començar el Pelicà.

—Eren els anuncis de l'obra, és clar. Els haurien penjat pocs dies abans de la representació.

—¡No em crec res! —va dir en Dac, tossut, i dirigint-se al Recluta, a en Sendo i a mi, que havíem compartit amb ell l'experiència de la comissaria, va dir amb força—: ¡Són uns enredaires! ¡Uns mentiders! Tots són uns fantasmes, del primer al darrer. ¿Us recordeu del nom dels dos paios descalços que eren davant de la finestra? ¡Un es deia Joan Tereu Rei i l'altre Ot Llopis Teter! O sigui, el Rei Tereu i en Pisteter! Llo... pis... Teter... Pisteter... ¿No us n'heu adonat?

—¡Deu ser una broma! —va comentar, preocupada, la mare—. O una casualitat.

Els cognoms Rei i Llopis són molt corrents...

—¡No em diguis que també ho són Tereu i Teter! ¡No els havia sentit mai, aquests dos!

—La combinació... és sorprenent..., ho haig de reconèixer.

—Però això no és tot —va embalar-se en Dac—. Quan l'administrador calb va reclamar l'ocell que s'havia endut en Sesé, va dir que era «l'ocell del paradís del rei de Saxònia», amb dos plomalls blaus que s'arrossegaven per terra, i a la gàbia, tots ho vàreu veure, el rètol posava «...de l'emperador d'Alemanya», i de plomalls llargs, res de res.

El Recluta i en Sendo assentien, interessats.

—Són dos exemplars molt diferents. Els he vistos dibuixats a tot color en un llibre sobre els ocells de Nova Guinea, i són inconfusibles. O sigui que tots diuen mentides sobre totes les coses de què parlen.

—¿On vols anar a parar, Dac? —li va preguntar la seva mare.

—Penseu una mica. L'exemplar que es va endur en Sesé no portava dues llarguíssimes plomes blaves a cada costat del cap...

El Recluta i en Sendo anaven fent que sí.

—¿Per què s'ha equivocat l'administrador? El meu amic Gustau, el guàrdia civil del Servei de Protecció de la Natura, m'ha trucat fa un moment, així que acabàvem d'entrar a casa, per donar-me la llista dels ocells agafats fa pocs dies als traficants d'un vaixell alemany procedent de Singapur, i que deuen ser els mateixos que hi ha guardats a les golfes de la finca pels membres de Nuvolcucut mentre la justícia no decideixi què se n'ha de fer. Són els mateixos ocells que van veure ahir a la nit el Recluta i els seus amics. Eren una cacatua de les palmeres, una mena de lloro anomenat amazona de l'illa de San Vicente, del qual queden només quatre-cents exemplars a tot el món, un colom de cimera amb la cresta de plata, un colom faisà, un ocell del paradís blau i, per fi, l'ocell del paradís de l'emperador d'Alemanya amb les seves plomes platejades. L'ocell del paradís del rei de Saxònia, amb el seu característic parell de plomes blaves que van del cap fins a terra, no és a la llista. ¡No hi és! Repeteixo: ¿per què l'administrador ha comès aquest error tan sospitós?

Cap dels presents no va saber contestar la pregunta, i en Dac va seguir el seu raonament:

—Perquè en un primer moment de pànic o confusió, algú li devia dir, segurament per telèfon i a la matinada o a mitjanit, quan van passar els fets, abans de trucar a la policia o molt poc després, això no té importància ara, que uns lladregots havien entrat a la finca i s'havien emportat un ocell del paradís, sense afegir res més, sense especificar quin dels dos ocells del paradís confiscats. I com que el més espectacular dels ocells del paradís és el dels plomalls blaus, el del rei de Saxònia, l'administrador devia pensar que s'havien endut el més valuós...

—Però si no n'hi havia cap d'aquesta mena... —va argüir el Pelicà—. Tu mateix ho acabes de dir i ho han vist...

—No era a les golfes —el va interrompre en Dac—, però era, *és*, en algun altre amagatall a la vora. Si no fos així, l'administrador no haguera comès un error tan gruixut. El curiós del cas és que tots es pensen, pel que sembla, que en Sesé té a les seves mans l'ocell del rei de Saxònia, *tots*..., fins i tot els dos joves descalços de Nuvolcucut, que poden haver vist a les golfes tota la colla d'ocells capturats per la policia. Segur que els han vistos, no en tinc cap dubte.

—Pel que dius, ¿segueixes creient que ens les havem amb una banda de traficants? —va dir la Bernat Pescaire.

—¿No ho veieu clar vosaltres també, després del que us acabo de dir?

—Nois... —va recordar la professora de literatura, mirant el rellotge—, recordeu que perquè en Sendo i en Nepomucè quedin nets i sense culpa, en Sesé ha de tornar l'ocell presoner abans de les vuit, que ja serà fosc.

Passaven deu minuts de les quatre.

—És estrany que encara no sigui aquí —va arrufar el nas el Recluta—. A casa seva, els seus germans m'han jurat que no em preocupés, que a les quatre en punt seria aquí.

—I a mi m'ha dit que es posaria en contacte amb mi per telèfon, després de dinar —va afegir en Dac—. M'ho ha assegurat aquest matí, quan ens hem dit adéu...

En aquell moment va trucar el telèfon. El va agafar la mare d'en Dac.

—És ell, en Sesé —va dir, animada—. Vol parlar amb tu, Nepomucè.

El Recluta va agafar l'aparell.

—Sí..., sóc jo..., ¿què passa?... ¿Com?... ¿Què dius?... ¿On ets?... ¿Vols que anem tots cap allà?... ¿Tots...? ¿Què vol dir tots?... ¿La pasma també?... Però..., ¿per què han de venir els guripes?... Un de sol no pot ser. Sempre van en parella, com els nuvis... ¿On tens l'ocell?... ¡Se t'ha escapat!... ¿Dius que se t'ha escapat, tros de bèstia?... ¡No pot ser que se t'hagi escapat, perquè et trencaré la carcanada si no el portes ara mateix!... ¿Saps que ens hi juguem el catre, orangutan?... ¡Sesé, mira que ens portaràs la ruïna!... ¡Sesé, mecàgum les teves tripes!... ¡Sesé...!

La cara del Recluta en penjar el telèfon era de tragèdia.

—¡Diu que se li ha escapat aquest ocell de l'emperador d'Alemanya!

19 *El falcó pelegrí*

TOTS VAM ACUDIR a la crida d'en Sesé. No en va fallar ni un, fins i tot la mare d'en Dac va acudir-hi. I com que també havia demanat amb urgència la presència d'un policia, només d'un, perquè es tractava d'un problema molt important, en Dac va trucar de seguida al seu amic Gustau, que va resultar ser un xicot de pell molt torrada pel sol, baixet, amb bigoti espès i extraodinàriament simpàtic.

El lloc on ens havia citat en Sesé era la porta metàl·lica del mur que donava al barranc de la finca El Paradís, a la part de fora. Tot el grup, amb la professora de literatura i el guàrdia civil fent colla amb els cinc nois i la noia, vam anar plegats voltant el clos del jardí salvatge fins a arribar a la part del darrere, a la porta metàl·lica, on ens esperava en Sesé.

—¿Per què aquí? —li va etzibar el Recluta només arribar—. ¿Era necessari tornar a aquest lloc? ¿On és l'ocell?

En Sesé, per tota resposta, va obrir la porta metàl·lica amb una clau grossa que va treure's de la butxaca i ens va convidar a entrar al jardí.

—¿D'on has rapinyat la clau? —el Recluta Zero no guanyava per a sorpreses.

—Era al pany, per la part de dins...

—¡Mireu...! ¡Fixeu-vos en això...! —va cridar la Bernat Pescaire, mostrant amb el dit la branca d'un castanyer d'Índies. Tots vam alçar el cap seguint la direcció del braç de la companya i vam descobrir l'ocell del paradís de l'emperador d'Alemanya parat a l'arbre. Tenia les plomes platejades una mica estarrufades, la cua cap amunt i les ales obertes, com si volgués exhibir tota l'esplendor dels seus colors. Però el més estrany era que portava un cordill lligat a una pota, i el cordill era fixat a terra amb una pedra del doble de la mida de l'ocell presoner.

—¿Què li passa? ¿Què té? —va demanar el Pelicà.

—¿Per què el tens lligat així? —va dir en Sendo.

—¿Voleu escoltar-me? —repetia en Sesé.

—Es tracta d'una parada nupcial —va explicar en Gustau.

—¿Què vol dir això? —vaig demanar jo.

—Vol dir que quan un ocell mascle té a prop un ocell femella, desplega tots els seus atractius perquè ella noti la seva presència. I això és el que li passa, o li ha passat fa poc, a aquest ocell.

—¿On és la femella? —va dir en Dac.

—¿Voleu escoltar-me? —repetia en Sesé, cada cop més empipat.

—¡Digues, ja, d'una vegada! ¡Vinga, escup! —li va concedir el Recluta.

—És molt important —va començar, tot excitat, en Sesé—. Quan he sabut que els polis us havien deixat anar, he pensat que el millor seria tornar l'ocell a les golfes, com si no hagués passat res, per evitar més brega i samaniats...

—¡Però si ens han deixat anar precisament amb la condició que tornem l'ocell a comissaria! —va fer-se'n creus en Dac.

—Jo no ho sabia... Els meus germans només m'han dit que el Recluta i en Sendo havien anat a casa meva a buscar-me i que fos a les quatre a casa d'en Dac, però jo no podia deixar això...

Ens va explicar com havia saltat amb dificultats la paret amb l'ocell ficat dins un sac, perquè no es fes malbé. Un cop a dins de la finca, es va trobar amb la sorpresa que totes les portes de la torre eren tancades amb clau i forrellat, sobretot la del darrere, la de la cuina, que tenia canviat fins i tot el pany. Li va semblar que podia lligar l'ocell amb un cordill llarg i una pedra. La qüestió era que no l'enxampessin amb cap nosa al damunt. Però quan va deixar anar l'ocell, després de lligar-lo, i després d'uns moments d'indecisió i de provatures, l'animal va semblar orientar-se i oblidant el cordill que el tenia amarrat a terra, se'n va anar cap al mur que separava el lloc on eren del jardí veí, de l'únic veí que té la finca. En Sesé va témer que algú pogués veure l'ocell posat al capdamunt de la paret del clos, i va córrer a agafar-lo i a retallar la llargària de la seva llibertat.

L'ocell es comportava d'una manera estranya: estarrufava les plomes, començava a cantar com si respongués a un altre cant, movia les atractives plomes de les ales i la cua com si volgués impressionar algú. S'havia posat tocant al mur, just al damunt de la petita teulada d'una espècie de caseta de jardiner, mig amagada per les males herbes i l'heura i recolzada d'esquena a la paret fronterera. En Sesé va decidir pujar a la barraqueta per arribar més fàcilment al mur i agafar l'ocell. Va pensar que la captura seria més fàcil si trobava a dins de la cabana un rasclet o una escombra. La porta de la caseta era tancada només amb un cordill i un clau i obrir-la no va costar gens. I una vegada a dintre, en Sesé va descobrir amb sorpresa que a la paret, amagada per una arpillera penjada com un tapís, hi havia una porteta que comunicava amb el jardí de la finca veïna. La porteta estava tancada i en Sesé va enfilar-se a la teulada de la caseta per rescatar la seva presa i veure què hi havia a l'altre cantó.

La caseta es perllongava a l'altre cantó del mur amb una altra caseta gairebé idèntica, i més enllà hi havia un jardí molt net i ordenat i una torre immaculada. A la gespa, a prop de la caseta, hi havia unes gàbies amb tot d'ocells: les cries d'àguiles reials i falcons pelegrins que va veure el Recluta en la seva primera visita a les golfes, i una parella

d'ocells del paradís. Un dels ocells del paradís era semblant al de l'emperador d'Alemanya que inflava el plomatge a la teulada propera en honor seu i responia als seus cants. Era la femella. L'altre, amb dues plomes blaves al cap, que arrossegava per terra com llances, era l'ocell del paradís del rei de Saxònia. Les gàbies estaven posades en fila, com si esperessin que algú les agafés. En veure-les, en Sesé, excitadíssim, va rescatar amb penes i treballs el seu presoner i va córrer, amb l'ocell altre cop al sac, a demanar reforços des d'un telèfon públic. I mentre esperava que nosaltres arribéssim, va concedir a l'emperador d'Alemanya menys de la meitat de la corda, just un pam més del que necessitava per volar de terra a la branca.

—Per això he demanat que vingués un policia —va acabar la seva explicació en Sesé—, per si volen emportar-se les gàbies... Fa un moment he sentit els motors d'un parell de cotxes...

—¡Anem-hi, ràpid! —va ordenar en Gustau—. ¡Tu, Sesé, al davant!

—Jo em quedo a la rereguarda —va cridar la mare d'en Dac, veient-nos córrer cap a la finca veïna—, vigilant l'emperador...

Seguint en Sesé, vam pujar a la caseta del jardiner i vam saltar a l'altre cantó del mur. Les gàbies ja no eren enlloc.

—No deixeu sense escorcollar cap racó de la casa ni del jardí —va ordenar el Gall Salvatge, mentre obria la porta vidrada de la part del darrere de la torre.

Els sis vailets i la noia vam entrar a la casa, disposats a capgirar-ho tot. En Gustau, amb el seu uniforme verd, va quedar-se a fora, discutint amb un majordom que acabava de treure el cap per la part del davant de la torre, i amenaçava els invasors amb tota mena de desastres, represàlies i perills. De tant en tant se sentia la veu calmosa d'en Gustau que aturava els crits de l'energumen amb un educat:

—¿Per què no truca a la policia ara mateix?

I en veure que l'home no feia cap cas del suggeriment del nostre amic, ens animàvem més en la recerca del misteri que amagava aquella mansió.

Sorolls de portes, grinyols de claus, estrèpit de gerros que es trencaven..., els set perseguidors, cadascú pel seu cantó, posàvem els cinc sentits en l'acció.

I de sobte, els crits de la Bernat Pescaire, des del lloc més fons de la casa, ens van deixar parats:

—¡Sisplau...! ¡Veniu tots...! ¡De pressa...! ¡És espantós...!

Al soterrani, al costat del celler, la Bernat Pescaire acabava de descobrir una sala amb dos ximpanzés i una colla de gossos *beagle*, lligats a unes taules de marbre o empresonats en gàbies blanques com armaris, amb tot el cos ple de tubs connectats amb ampolles plenes de líquids viscosos... com si allò fos el quiròfan d'un hospital. I els ulls humits, malalts i enlluernats dels animals que ens contemplaven amb una tristesa infinita.

20 *Nuvolcucut i Nuvolflorit*

—UNA VEGADA —comentava el cap de la Brigada Criminal i pare del nostre company Dac, assegut a la butaca de la sala d'estar de ca seva, mirant els convidats—, vaig pujar a l'avió privat d'un xeic àrab i vaig veure centenars de falcons que hi portava. Els portava només pel plaer de la seva companyia. Una bogeria de col·leccionista milionari. Molts procedien, suposo, de compres a traficants com els que hem descobert.

—Tinc entès que fins fa molt poc —va dir el meu pare— era relativament fàcil treure d'Espanya àguiles coronades i falcons pelegrins, fins i tot per carretera i en el maleter del cotxe, i fer-los arribar des de França als poderosos compradors dels països àrabs o de qualsevol altra part del món on hi ha amants de l'art de la falconeria.

—¡O sigui que en Dac i els seus amics tenien raó! —va repetir la mare del Gall Salvatge, que sempre s'havia posat al costat nostre—. Eren una banda internacional de traficants d'ocells exòtics i valuosos.

Érem a casa d'en Dac, les dues famílies completes, la meva i la d'ell. Ens havien convidat a dinar, aprofitant el primer diumenge després del final de l'aventura dels ocells del paradís. La mare d'en Dac entrava i sortia de la cuina per vigilar la bona marxa dels fogons, però no es perdia ni una paraula de la conversa. Més tard, a fer postres, arribarien el Pelicà i la Bernat Pescaire, per brindar amb vi bo i pastissos l'èxit de l'empresa. També havíem convidat el Recluta Nepomucè, i en Sesé i en Sendo, però no ens refiàvem gaire que vinguessin, perquè un cop lliures i nets de la història en què, segons ells, els havíem ficat, no volien embolicar-se en més problemes, sobretot amb gent com nosaltres, que vivíem en contacte permanent amb la pasma, com en deien ells, o els marrons.

—Jo, la veritat, no he entès gaire tot el que ha passat... —va confessar la meva mare amb humilitat.

—És fàcil, senyora —va avançar-se en Dac al seu pare—. L'administrador de la finca havia organitzat una xarxa de tràfic d'ocells protegits, en combinació amb un hereu que viu a Alemanya i amb el propietari de la finca veïna, fabricant de perfums. Compraven ocells que arribaven al país per mar, sobretot, i rapinyaires de la península, la majoria procedents d'Extremadura, per vendre'ls principalment a Alemanya.

—Es comunicaven —va continuar el seu pare— per cartes enviades a la finca per informadors que tenien subornats a diferents ports del país. Semblaven cartes anodines: només contenien retalls de notícies o articles sobre el món dels animals. Però cada una d'elles indicava al final la ciutat a què havia arribat el carregament, i ells només havien d'enviar-hi una persona de confiança, normalment el majordom o el xofer del perfumista, perquè els recollís i els portés a El Paradís, una finca aparentment deshabitada i gens sospitosa, que serà enderrocada d'aquí a pocs anys per fer l'autopista...

—Els ficaven i treien passant per la comunicació que hi ha entre els dos jardins. Les dues casetes de jardiner es comuniquen —vaig dir jo—. I els guardaven a les golfes fins al moment de fer-los arribar als compradors.

—Però en un moment determinat —va continuar el cap de la Brigada Criminal—, van notar amb alarma, que no arribaven més cartes, que algú les interceptava. Espantats, van decidir esborrar les possibles sospites i reforçar la seva imatge de persones respectables i amants dels animals. Per això van oferir la finca a un grup de joves que acabava de fundar la societat Nuvolcucut, destinada a conscienciar el públic del perill d'extinció de moltes espècies.

—I van fer servir la torre del perfumista per guardar els ocells il·legals, que fins aquell moment havien tingut a les golfes...

—El grup Nuvolcucut necessitava un lloc per assajar *Els ocells* d'Aristòfanes, comèdia que havien adaptat per interpretar-la al carrer el Dia Mundial de la Protecció dels Animals...

—Com a mínim dos membres de la xarxa de traficants es van infiltrar a Nuvolcucut per controlar el grup, conèixer les seves activitats i, sobretot, vigilar els seus moviments a la finca.

En Dac, el seu pare i jo, ens tornàvem en l'explicació dels fets. Els dos germans grans d'en Dac treien el cap de tant en tant per la sala, una mica per curiositat, una mica perquè ja passaven una quants minuts de l'hora de dinar.

—Nuvolcucut va aconseguir un gran èxit quan les autoritats van acceptar la seva oferta de custodiar a El Paradís els ocells recuperats per la policia en la seva tasca diària contra el tràfic il·legal...

—La primera visita del Recluta Zero a les golfes va coincidir amb el final de l'etapa en la qual van fer servir la torre com a amagatall dels animals procedents del contraban. Quan el Recluta va tornar a les golfes un temps després, la va trobar buida, perquè ja els havien traslladat a la torre del costat per precaució. I més endavant va trobar el lloc ple dels ocells confiscats en la darrera operació policíaca...

—Però van cometre un error greu... —va sentenciar en Dac.

—Més d'un... —va corregir el seu pare.

—Qui tot ho vol, tot ho perd —va riure la seva mare.

—En una de les seves darreres actuacions, la policia de duanes va descobrir en un vaixell procedent de Singapur un lot d'ocells exòtics, la majoria de Nova Guinea, compost de cacatues, lloros, coloms de cimera..., i un parell d'ocells del paradís, els exemplars més bonics i buscats per tots els col·leccionistes. Un dels ocells era un dels anomenats del rei de Saxònia, amb dues llarguíssimes plomes blaves a cada cantó del cap.

—El perfumista, que tenia entre els ocells il·legals guardats a casa seva, un ocell del paradís dels anomenats de l'emperador d'Alemanya que, per acabar-ho d'adobar, era amb la seva parella, va pensar que si canviava el de Saxònia pel d'Alemanya, tothom es pensaria, passats uns quants dies, que havia estat un error de la policia quan feia la llista. Al cap i a la fi, els policies no són especialistes, no són tan competents en aquestes matèries com els científics o els estudiosos. I així ell aconseguia per a un client important un exemplar meravellós que mancava a la seva col·lecció...

—Va fer el canvi, i per donar més versemblança a la seva acció, va posar una inscripció a cada gàbia amb el nom de cada exemplar. Però es va oblidar de comunicar a l'administrador i als seus sequaços infiltrats a Nuvolcucut el canvi efectuat. O potser no va tenir temps de dir-los-ho, tenint en compte la rapidesa amb què van anar els darrers esdeveniments... El comandant Rago havia estudiat molt bé la llista d'ocells recuperats i guardats a les golfes abans de començar els interrogatoris i es va adonar, igual que van adonar-se'n els nois, de l'error de l'administrador, un error que amagava alguna cosa greu..., i a partir d'aquest moment l'interrogatori va centrar-se exclusivament en les declaracions de l'administrador, que va acabar confessant-ho tot...

—Sobretot quan va arribar la notícia del descobriment de la complicitat de la finca veïna, la del perfumista...

—I el final ja el coneixem tots.

—No el coneixem —insistia la meva mare—. ¿I el laboratori clandestí amb els ximpanzés i els gossos *beagle*?

—Bé... —va fer el policia tot rient—, el perfumista feia servir animals per als seus experiments de cosmètica. Provava noves cremes sobre la seva pell, els injectava hormones... etcètera.

—¡Quin horror! —va exclamar la meva mare—. ¿I això no és prohibit?

—Calen molts permisos... Ja veurem què en diu el jutge.

—Però, ¿no és prohibit experimentar amb animals?

—Doncs... em temo que, amb les corresponents autoritzacions i precaucions, no, senyora. Gràcies a experiments d'aquesta mena s'han obtingut moltes vacunes i medecines i productes per alleujar el dolor.

—¡Pobrets...!

—Crec que fins i tot la indústria de l'automòbil fa servir animals, que no pertanyen a espècies protegides, és clar, per provar la seguretat dels cinturons i dels seients en casos d'accident...

—A aquest pas els humans acabarem amb tot el regne animal, protegit i desprotegit.

—¿S'han recuperat ja els ocells que van emportar-se de la casa del perfumista? —vaig preguntar jo.

—Aquest matí m'han parlat d'uns contrabandistes que han enxampat a la frontera francesa... —va recordar el cap de la Brigada Criminal.

—¿Recordes els seus noms? —va dir en Dac, amb interès sobtat.

—Portaven passaports falsos...

—¿Quins noms feien servir?

—A veure... Rei Teseu...

—Tereu.

—Això. Rei Tereu i un altre nom molt estrany... Tetera, cafetera... o alguna cosa semblant...

—¿Pisteter?

—Potser sí... ¿Com ho saps?

En Dac i jo vam mirar la professora de literatura, que acabava de sortir de la cuina amb una gran plata de teca.

—¿Ho has sentit? —li va dir en Dac.

—¿Què havia de sentir? —va fer ella amb expressió de sorpresa.

—Que la Puput, el rei Tereu segons tu, i la Cucala, en Pisteter, com tu els anomenes segons els teus llibres, estaven a punt de passar la frontera amb un cotxe carregat d'ocells del paradís i falcons pelegrins i les cries..., les mateixes que va veure en Sesé des de la teulada de la caseta del jardiner, engabiades i preparades per fugir.

—I el més gros és que potser són els mateixos dos individus descalços que vam veure a la comissaria, al davant del finestral... —vaig adonarme jo—, els dos socis de Nuvolcucut que van acudir a la policia amb l'administrador i l'advocat per denunciar el robatori de l'ocell del paradís...

—Els més interessats a presenciar tot el que passava... —va dir el cap de la Brigada Criminal—, els més sospitosos, per tant, de pertànyer a la xarxa de traficants...

—Potser intenten arribar com puguin a la llibertat del seu reialme de Nuvolcucut, o Vilacucut dels Núvols segons alguns traductors... —va afegir la mare d'en Dac amb un somriure.

En aquell moment va trucar el telèfon i hi va acudir el cap de la Brigada Criminal.

—Ho dius per riure —va recriminar en Dac a la seva mare, mentre el pare parlava per telèfon—. ¿I saps què et dic? Que em passo a la protecció de les plantes. També estan amenaçades i moltes en perill d'extinció; així em deixaràs en pau i em trobaré lliure de les teves bromes i interferències. No hi ha cap Nuvolcucut vegetal, suposo.

—Podeu crear-lo vosaltres: Nuvolflorit, o Vilaflorit dels Núvols, com vulgueu. O també Flor de Núvol. Boscnuvolós o Selva Celestial... —jugava ella amb els noms, portant la plata fumant cap al menjador veí—, un paradís de plantes, flors i fruits. ¡Senyors: el dinar és a punt! Passin al menjador, sisplau.

Els germans d'en Dac van seure els primers.

—Han enxampat el perfumista que portava el cotxe—va anunciar el pare d'en Dac seient a taula—, però les dues persones que l'acompanyaven s'han escapat.

—¡La Puput i la Cucala s'han escapat! —va repetir en Dac.

—El rei Tereu i en Pisteter —va afegir la professora de literatura, dipositant la plata damunt dels estalvis, al mig de la taula—. ¿Veieu? ¡Ja són lliures!

—Per poc temps —va pronosticar el policia.

—¿No han dit si per escapar-se s'han convertit en ocells?— va dir la seva muller.

—¡Dona! ¡Tu sempre amb les teves fantasies! No és estrany que en Dac hagi sortit com hagi sortit, amb el cap ple...

—¡D'ocells! —va riure ella—. Anaves a dir amb el cap ple d'ocells o de pardals. Pardalets al cap, anaves a dir.

—De núvols —va rectificar ell, de mala gana—. Anava a dir amb el cap ple de núvols.

—¿I què té de dolent tenir el cap ple de pardals o de núvols? —va excusar-se ella mentre omplia els gots dels convidats—. Estic segura que arribarà un dia que els ocells, i tots els animals, trobaran un rei Tereu i un Pisteter que els portin a un lloc segur, Nuvolcucut i Nuvolflorit, lliures de les malvestats que pateixen per culpa nostra.

—¿És aquesta la moralitat de la comèdia d'Aristòfanes? —va preguntar el meu pare, sempre pràctic.

—No. Precisament Aristòfanes pretenia posar-nos en guàrdia contra les utopies, perquè tinguéssim els peus ben clavats a terra...

Va fer una pausa i va afegir, tot brandant la llossa:

—¿A qui serveixo el primer?

I en aquell moment ens vam adonar, en Dac i jo, que al damunt de la taula, a la plata, hi havia un ocell gras i lluent de greix, rostit fins a transformar-lo en or, cuixes enlaire, farcit de panses i pinyons i voltat de rodanxes de llimona i taronja.

—¿Què has fet? —va cridar alarmat en Dac a la seva mare.

—Gall dindi rostit —va fer ella amb naturalitat—. Com fem quan l'ocasió s'ho val. ¡És per llepar-se els ganyots! I en tinc un altre al forn...

—¡Però... això és...! —va començar en Dac, indignat fins al capdamunt.

—No t'hi capfiquis, fill. Eren ocells que conspiraven contra l'estabilitat i el bon govern de la nostra cuina. ¿Vols passar-me els plats, sisplau?

Índex

Col·lecció

EL VAIXELL DE VAPOR

Sèrie Blanca: Primers lectors

1 *El fantasma de palau*, Mira Lobe
2 *Miquel i el dragó*, Elisabeth Heck
3 *Quan la Tina marraneja*, Tilman Röhrig
4 *La història de l'Ernest*, Mercè Company
5 *El dia que en Cecili es va perdre*, Joaquim Carbó
6 *Iaga i l'homenet de la flauta*, Irina Korschunow
7 *Berni*, Mira Lobe
8 *On vas, Cametes?*, Enric Larreula
9 *La lluna en un cove*, Gemma Lienas
10 *Quina olla!*, M. Beltran / T. M. Boada / R. Burgada
11 *La rosa de Sant Jordi*, Joles Sennell
12 *Els nans de Màntua*, Gianni Rodari
13 *Una roda curiosa*, Joma
14 *Valentina nas de nap*, Montse Ginesta
15 *Fu, el drac vermell*, Ursel Scheffler
16 *Sempre passa alguna cosa*, Ricard Creus
17 *Quina nit de Reis!*, Marta Balaguer
18 *Les joguines imaginàries*, Joles Sennell
19 *L'Adela dels núvols*, Elisa Ramon
20 *Històries de cada dia*, Ursula Wölfel
21 *La Margarida tenia un gat*, N. Costa / O. Bracci
22 *Feu-me cas!*, Anke de Vries
23 *Els ànecs de Vilablanca*, Antònia Colom
24 *La grua Estontola*, M. Àngels Anglada

Col·lecció

EL VAIXELL DE VAPOR

Sèrie Blava: A partir de 7 anys

1 *El gran llop salvatge*, René Escudié
2 *L'Ingo i el Drago*, Mira Lobe
3 *El rei Túnix*, Mira Lobe
4 *El gat Mog*, Joan Aiken
5 *La Roser Veraç*, Joaquim Carbó
6 *En Joanet Capdestopes i l'indi invisible*, Janosch
7 *Estimada Susi, estimat Paul*, Christine Nöstlinger
8 *Cada tigre té una jungla*, Emili Teixidor
9 *Estimada iaia, la teva Susi*, Christine Nöstlinger
10 *Històries de Franz*, Christine Nöstlinger
11 *Bestieses i animalades*, Elena O'Callaghan i Duch
12 *Pèl Moixí*, Irina Korschunow
13 *Tuixi, el toixó que feia teatre*, Rosa-Victòria Gras
14 *Els llebretons es fan grans*, Tilde Michels
15 *El dragó de Jano*, Irina Korschunow
16 *Tintof, el monstre de la tinta*, Ursel Scheffler
17 *Quina broma!*, Anke de Vries
18 *Bleda bleda... no ho és*, Annemarie Norden
19 *El llit d'en Pol*, Franz Sales Sklenitzka
20 *Un gat passat per aigua*, Ingrid Kötter
21 *Set gates de vida*, Agustí Alcoberro
22 *Una germana com la Danny*, Rolf Krenzer
23 *El ratolí del tren*, Jürgen Banscherus
24 *Quan la Tina s'amaga*, Tilman Röhrig
25 *Una tarda a la teulada*, Joan Armangué i Herrero
26 *La reina calba*, Mercè Company
27 *29 contes bojos*, Ursula Wölfel
28 *La festa boja de l'illa*, Manfred Schumacher
29 *Estrella Fugaç*, Ursula Wölfel
30 *Una tortuga d'allò més normal*, Gudrun Mebs
31 *Petita Panotxa*, Käthe Recheis
32 *Més de set que no dormen a la palla*, Miquel Desclot
33 *Qui hi viu, al bosc?*, Mira Lobe
34 *Els babuixots de cabells verds*, Irina Korschunow
35 *L'àvia té un amic*, Ad Soeters
36 *Annabella Pampallugues*, Jutta Richter
37 *El país de les cabres*, Joaquim Carbó
38 *Els selvanyols*, Donatella Ziliotto
39 *Russica*, Mariasun Landa
40 *La lluna vol un fill*, Maria Dolors Alibés
41 *El secret de la Lena*, Michael Ende
42 *¡Ara sí que l'he feta bona!*, Xavier Vernetta
43 *Més o menys ben avinguts*, Anna Vila
44 *Un dia complicat*, Michael Ende
45 *Peripècies a París*, Dagmar Chidolue

Col·lecció

EL VAIXELL DE VAPOR

Sèrie Taronja: A partir de 9 anys

1 *Les aventures de Vània el forçut*, Otfried Preussler
2 *Els fills del bufador de vidre*, Maria Gripe
3 *Tanit*, Núria Albó
4 *El nas de Moritz*, Mira Lobe
5 *Núvol de Novembre*, Hilary Ruben
6 *Pipet, el miquet de color de rosa*, Carlo Collodi
7 *Kimathi i la muntanya*, Hilary Ruben
8 *El drac de Bagastrà*, Dolors Garcia i Cornellà
9 *Brillant*, Enric Larreula
10 *Fantasma de professió*, Hubert Monteilhet
11 *Nosaltres, els de Vilaximpleta*, Otfried Preussler
12 *El petit roure*, Elena O'Callaghan i Duch
13 *El cavaller galàctic*, Laura Julian i Garcés
14 *El secret de les màquines*, Francesc Sales
15 *El planeta Mo*, Maria Dolors Alibés
16 *El panda de l'emperador*, David Day
17 *El forat de les coses perdudes*, Joan Armangué i Herrero
18 *Els estranys amics de la Mary Wood*, Beatrice Nyffenegger
19 *Una casa als afores*, Mercè Company
20 *Aventures amb el meu millor enemic*, Max Dann
21 *Tornar-se ximple*, Max Dann
22 *Sabates de xarol*, Sigrid Zeevaert
23 *La ciclista Caterina*, Joaquim Carbó
24 *Castell d'andròmines*, Robin Klein
25 *Tempesta de primavera*, Regina Rusch
26 *La por*, Enric Larreula
27 *Tassie, el llop amb pell de tigre*, Erich Grasdorf
28 *Un llibre monstruós*, Jordi Sierra i Fabra
29 *Angelo, un convidat molt especial*, Othmar Franz Lang
30 *Un fantasma anomenat...*, Maria Lluïsa Solà
31 *L'atzur màgic de l'enigma*, Dolors Garcia i Cornellà
32 *Bandoler, bandoler, bandoler*, Joan Soler i Amigó
33 *El Club dels Óssos*, Mira Lobe
34 *Didal, didalet, didaleta*, Pere Pons i Clar
35 *Mare Lluna*, Susanne Kilian
36 *El cas d'en Heinrich*, Mira Lobe
37 *El segrest d'en Gang*, Jacint Torrents
38 *S'ha de ser animal!*, Mercè Canela
39 *Pirates per força*, Frank Asch
40 *Barret per barret*, Franz Sales Sklenitzka
41 *Si una nit un estel...*, Llorenç Puig
42 *La meva família i l'àngel*, Gemma Lienas

Col·lecció

EL VAIXELL DE VAPOR

Sèrie Vermella: A partir de 12 anys

1 *L'ocell de foc*, Emili Teixidor
2 *La filla de l'espantall*, Maria Gripe
3 *Piotr*, Jan Terlouw
4 *El tresor del molí vell*, Hannelore Valencak
5 *Les cartes de la Mila*, Francesc Sales
6 *El rei de Katoren*, Jan Terlouw
7 *En Ranquet i el tresor*, Emili Teixidor
8 *Elda i el cavall de l'emperador*, Lluís Busquets
9 *El foraster que vingué del mar*, Mollie Hunter
10 *Poppis i Isolda*, Maria Lluïsa Amorós
11 *Adéu, Serena*, Maria Lluïsa Solà
12 *Kàvik, el gos llop*, Walt Morey
13 *La Christie i la caçadora de l'Indiana Jones*, Asun Balzola
14 *En Ranquet i els seus amics*, Emili Teixidor
15 *Roderic*, Ramon Martí i Comes
16 *Aquella tardor amb Leprechaun*, Maria Lluïsa Amorós
17 *El corsari*, Miquel Rayó
18 *La lluna de les mil cares*, Dolors Garcia i Cornellà
19 *Les coses de Ramon Lamote*, Paco Martín
20 *El lladre d'ombres*, Jaume Cela
21 *La història de la Pätti*, Dagmar Chidolue
22 *Sèmola amb grumolls*, Dietlof Reiche
23 *Nou record de vells oficis*, Paco Martín
24 *77 Histèries*, Miquel Obiols
25 *La Freda ha perdut la veu*, Jerome Fletcher
26 *Ocell roig d'Irlanda*, Sandra Gordon Lagford
27 *L'enigma de l'estàtua*, E. L. Konigsburg
28 *A la punta de la llengua*, Miquel Desclot
29 *El viatge del Dofí Rialler*, Josep Vallverdú
30 *Grafèmia*, Margarida Aritzeta
31 *Temps de gebre*, Jordi Sierra i Fabra
32 *A les golfes en passa alguna*, Avi
33 *Em pots guardar un secret?*, Brigitte Blobel
34 *La màquina de rock / El rei dels mentiders*, M. Villard / P. Mosconi
35 *Procés contra la Joana*, Joan Armangué i Herrero
36 *Eh, vellmarí!*, Miquel Rayó
37 *Nocturn animal*, Toni Matas
38 *Els Reis de la Muntanya*, Clare Cooper
39 *En el Cercle del Temps*, Margaret J. Anderson
40 *Idriss, la noia del fil de seda*, Hermínia Mas
41 *Contes per paraules*, Agustín Fernández Paz
42 *El monstre d'Akiya*, Peter Crome

43 *L'amiga del bandoler*, Mira Lobe
44 *El talismà de l'Adriàtic*, Joan Manuel Gisbert
45 *El lloro d'Américo*, Huguette Pirotte
46 *Assassinat a la casa de nines*, Betty Ren Wright
47 *Les ales de la nit*, Emili Teixidor
48 *Tao*, Justin Denzel
49 *Misteri al vaixell encallat*, Anthony Masters
50 *L'última por*, Miquel Rayó
51 *Un estrany a l'Arca*, Josep Vallverdú
52 *Bèsties petites*, Montse Ganges
53 *La papallona misteriosa*, Jordi Viader
54 *La medalla*, Andreu Sotorra
55 *La taca ataca*, Toni Matas